只因牠特別忠厚

動物保護・生態關懷文選

陳幸蕙◎主編

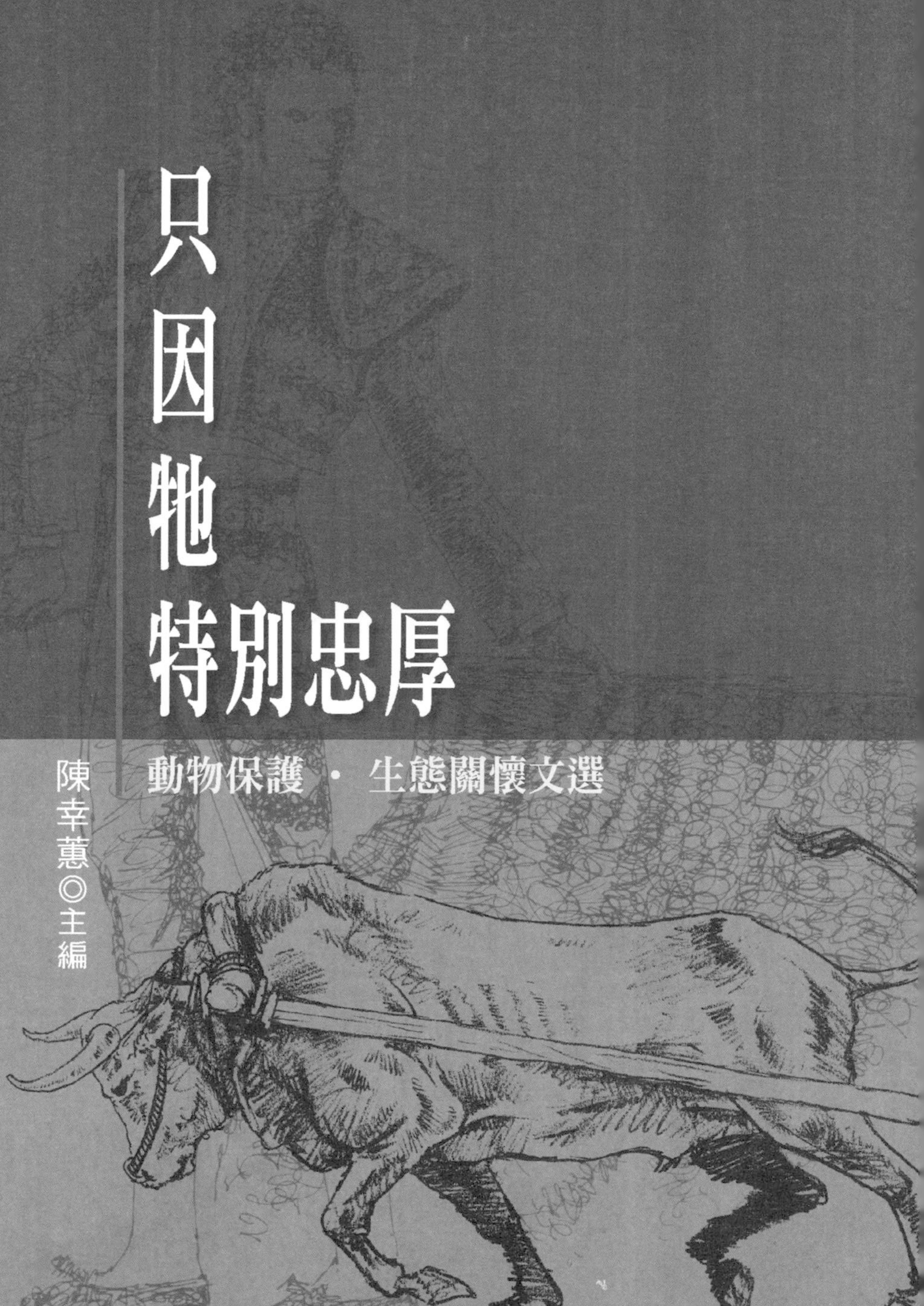

【編序】

期待美好的蝴蝶效應

◎陳幸蕙

（一）從J.K.羅琳說起

據說，J.K.羅琳當初寫《哈利波特》系列，一開始就決定，這奇幻冒險故事的架構是七本作品。

前年，當幼獅公司找我編書、我設定主題是「動物保護・生態關懷」後，蒐集文章的作業殺青之際，我所設定的原始架構也是——呈現近代作家書寫此議題的三本選集。

把自己化為一座蒐尋引擎，竭盡所能、上下求索，這系列第一本選集《我只想回到自己的家》，已在二〇一七年一月出版。此刻，你拿在手上、正進行翻閱的《只因牠特別忠厚》，則是依預訂計畫進行的第二本。

（二）暫時離開自己的書桌

「身為一名作家，為什麼不專心寫自己的作品就好，幹麼為人作嫁，花時間、心思去編什麼選集呢？」

曾經，朋友不解，也有點不以為然地問。

感謝這溫暖的關心之餘，我微笑告訴他，如果，「專心寫自己的作品」，是一個作家自我實現的方式，那麼，應邀去編選集，尤其如此主題的選集，便是身為作家的我，在「專心寫自己的作品」之外，暫時離開自己的書桌，去從事社會參與、克盡地球公民責任的一個方式。

不是激情走上街頭，也不是聲嘶力竭去進行陳抗，而是選擇比較安靜、另類的做法，針對一個值得關注的公眾議題，把曾經啟發、感動、影響，甚至型塑了我內在心靈與價值觀的作品，編纂彙整，結集成書，希望在這個多元化的時空點上，讓有緣接觸此書的讀者，也能透過一個安靜、

另類、理性取向的管道，對「動物保護．生態關懷」課題，進行了解，之後，同樣也深受啟發、感動、影響，而終使這內在、安靜的正能量，形成一股有意義、建設性的善循環。

（三）一隻蝴蝶在巴西輕搧翅膀

上世紀中葉，美國氣象學家愛德華．羅倫茲曾說過一句廣被世人引用的名言：

「一隻蝴蝶在巴西輕搧翅膀，可導致一個月後德克薩斯州的一場龍捲風。」

這句話的意涵是，許多微小的變化，常在我們不可測知的未來，造成巨大的連鎖反應與影響。

這便是所謂的「蝴蝶效應」。

如果，我過往所讀、現在所收編之作品，例如第一本選集裡的鄭板橋家書、此書所選史懷哲語錄等，曾在我生命中產生過美好的蝴蝶效應，且蝴蝶效應持續進行中，那麼，我實由衷希望，你仍拿在手上的這本選集，也是一隻輕搧翅膀、造成蝴蝶效應的彩蝶，持續產生正能量，不斷形成善循環。

（四）眼眶、心底閃淚

而身為編者，無可否認的是，此書所選作品，也確實都曾令我心情激盪、深有所感，甚至讀過數遍仍不免扼腕嘆息，或眼眶心底閃淚。例如陸蠡的〈鶴〉、孟東籬〈地上的磐石〉、喻麗清〈象腳花瓶〉、余秋雨〈只因牠特別忠厚〉、蔣勳的〈貓〉、林清玄〈咬舌自盡的狗〉、蒲松齡《聊齋誌異》中的〈牧豎〉等。這些或長或短的篇章，都不約而同明指、暗示

了一個主題，那便是——動物，其實和人一樣，也有深刻的情感反應、鮮明的個體意志，甚至，獨立自主的尊嚴，並非我們一般刻板印象所認定、或不假思索所慣稱之「禽獸」。法國作家紀德曾說：

「人類對動物的凌遲，始於語言。」

信然！

（五）二〇一八世界花博吉祥物

不過，這本選集最大的特色，畢竟，還是在於呈現了選文對臺灣本土動物如石虎、臺灣水牛、臺灣獼猴的關懷。尤其，被列為一級保育類野生動物的石虎，學者專家推估，目前全臺僅餘三百至五百隻，瀕臨滅絕。

但令人高興的是，就在此書即將問世之際，媒體報導臺中市政府宣布——為保育石虎，他們不但更改了二〇一八年舉辦「世界花卉博覽會」的場地，又選定石虎為世界花博吉祥物，今後更將進行石虎棲地重建、取締非法獵捕石虎等，希望把臺中打造成臺灣第一個石虎保育法制化的城市！

這些溫馨可感的友善做法，如對照本書所選記述石虎受難、關切其生存危機的作品來看，相信，為可憫的石虎悲歌寫上休止符一事，已露出曙光。

（六）作家的感性、良心深受撞擊

其實，保護動物，也常意謂著保護生態自然，這兩個議題彼此相關，密不可分。而除上述文章外，本書所選其他諸篇如廖鴻基〈塑膠海豚玩具〉、余光中〈冰姑，雪姨〉，以及拙作〈紫花浩劫（三帖）〉等，也都各自以文學性手法，就令人憂心的生態危機，流露了身為作家，以及，一個地球公民的關懷意識。

看得出這些選文，都是作家的感性、良心深受撞擊，深有所思所感，不得不提筆為文，進行書寫的結果；而若歸根究柢，探索作家書寫動機至最終，那顆樸素真誠的創作初心，豈不便是——

希望這充滿不確定性的世界、哀樂人間、受傷的地球，能獲得療癒，變得更可愛？

（七）心懷樂觀看待

記得J.K.羅琳除了說她不會為了讀者或市場反應，修改原先即已預設的七本《哈利波特》架構外，還曾說過，她寫哈利波特，從未設定讀者對象是誰？因此《哈利波特》系列既是寫給小孩，也是寫給大人閱讀的書。

同樣，這系列選集，也從未設定讀者對象是誰？因此，請容我借用羅琳之說，這是既編給青少年讀者、也是編給大人閱讀的書。

雖也曾認真想過，一本選集的出版，在浩瀚書海中，能激起什麼漣漪呢？

但若一隻蝴蝶在巴西輕搧翅膀，出乎預料、不可預期地，竟可導致一個月後德克薩斯州的一場龍捲風，那麼，讓我們也心懷樂觀，看待此選集之問世吧！

期待美好的蝴蝶效應！

後記：這本選集能夠問世，必須感謝所有同意授權轉載的作者群。尤其余光中先生，編輯團隊收到他轉載同意書次日，驚聞他辭世的消息，實不勝感慨！對於余光中先生離世前，慨允其作品收入本選集，倍覺珍貴之餘，身為主編，更不免由衷感念，永誌不忘。

目錄

除非……（史懷哲語錄）

◎德・史懷哲

❤我是想要活下去的生命；
與許多也想活下去的生命，一起，生活在這世界上。

❤除非你能擁抱、並接納所有生物，而不僅只是將愛心局限於人類，否則，你就不算真正擁有憐憫之心。

♥有思考能力的人，一定反對殘酷行為。無論這些行為是否根植傳統，只要我們有選擇的機會，就應該避免讓動物受苦、受害。

♥除非人類能將愛心延伸到所有生物上，否則，人類將永遠無法獲得和平。

♥我堅定地認為，除非有不可避免的理由，我們沒有權利，在動物身上加諸痛苦和死亡。

我們應有如此的認知——即使無心造成其他生物受害和死亡，也應極力避免。

❤尊重生命！

在這個原則上，我的人生找到穩固的立足點和清楚的方向。

「尊重生命」的倫理，就是——

普及眾生的愛的倫理。

❤我雖憂心忡忡看待人世，但對未來仍滿懷美好的希望！

——摘自《史懷哲自傳：我的生活和思想》、《史懷哲語錄》，志文出版社等

作者簡介

史懷哲（Albert Schweitzer, 1875～1965），德國人道主義者，出生於德屬阿爾薩斯（現屬法國），擁有神學、音樂、哲學、醫學四個博士學位。曾立志「三十歲前為研究科學和藝術而生活，三十歲後為貧困弱勢者獻身服務」，並以「尊重生命」為核心理念。三十七歲時，遠赴時稱「黑暗大陸」的非洲，創立史懷哲醫院，義務為當地居民從事醫療服務近半世紀。獲一九五二年諾貝爾和平獎，人稱「非洲之父」，為二十世紀代表性人物之一。

慢讀與深思

一九五二年諾貝爾和平獎得主、被譽為「非洲之父」的史懷哲，是一位人道主義者。

據說他童年時，看見一匹跛腳老馬，被鞭打至屠宰場，心生不忍，自此，臨睡前便開始為動物禱告。

由於出身富裕之家，史懷哲二十一歲時，更曾自問——為何自己可「順利念完大學，過得幸福快樂，卻有人在世上受苦？」

他認為自己「不能把這種幸福，看作當然之事」，遂決定三十歲前，要為研究科學藝術而生活，三十歲後要全心奉獻，為弱勢者服務。

因深感非洲地區窮困疾苦，醫療資源嚴重不足，因此三十八歲那年，擁有神學、音樂、哲學、醫學四個博士學位的史懷哲，在親友強烈反對下，卻仍意志堅定地和妻子，從德國啟程，前往偏遠酷熱的赤道非洲，在原始叢林中創立了蘭巴倫醫院（今史懷哲醫院），從事人道醫療；其後，更把一生積蓄、財富（包括諾貝爾和平獎獎金），全數投入蘭巴倫醫院和後來興建的痲瘋病院中，並且滿懷充實愉悅地認為，如此全生命的奉獻，使他在「外在的幸福」外，更獲致了「內在的幸福」！

九十歲那年，在終其一生毫無保留地付出後，這位被視為人道主義典範的精神巨人，於非洲去世，骨灰則依其遺願，葬於蘭巴倫。

而除醫療奉獻外，史懷哲生前，更曾把關懷視野，投注在動物上，反對把人類之外的生物做「有價值」、「無價值」、「高等」和「低等」區分，又強調所謂「善」，就是愛護生命。他曾說：

「如果我要別人尊重我的生命，那麼，我也必須尊重其他生命。道德觀在西方世界，一直狹隘地僅限於人與人之間，但我們應推廣『無界限』的道德觀，對動物要有同理心。」

於是，「尊重生命」，乃成為史懷哲一生，奉行不渝的座右銘。

透過這樣的背景認識，再來讀史懷哲語錄〈除非……〉，便不難理解，其大愛、睿智之言所以產生的原因了。

這些睿智之言中，舉凡對「愛」與「憐憫」的定義，反對殘酷行為，鼓吹「避免讓動物受苦受害」的主張，以及，指出「除非將愛心延伸至其他生物，否則人類將永遠無法獲得和平」的前瞻思考、理性思維、悲憫觀照，也都確實如暮鼓晨鐘，啓發著我們，引領著人性的成長，值得現代人再三品讀、不斷省思！

除非……

鶴

◎陸蠡

那隻白鷺被棄在沙灘上，日日等候牠的主人，不忍他去。看見有人來了，迎上前去，但牠所接受的不是一尾魚而是一顆子彈！

在朔風掃過市區之後，頃刻間天地便變了顏色。蟲僵葉落，草偃泉枯，人們都換上臃腫的棉衣，季候已是冬令了。友人去後的寒瑟的夜晚，在無火的房中獨坐，用衣襟裹住自己的腳，翻閱著插圖本的《互助論》，原是消遣時光的意思。在第一章的末尾，讀到稱讚鶴的話，說道鶴是極聰明極有情感的動物，說是鳥類中除了鸚鵡以外，沒有比鶴更有親熱更可愛的了，「鶴不把人類看作是牠的主人，只認為牠們的朋友」等等，遂使我憶起幼年豢鶴的故事。眼前的書頁便髣髴變成了透明，就中看到湮沒在久遠的年代中的模糊的我幼時自己的容貌，不知不覺間憑案回想起來，把眼前的書本，推送到書桌的一個角上去了。

那是約摸十七、八年以前，也是一個初冬的薄暮，弟弟氣喘吁吁地從外邊跑進來，告訴我鄰哥兒捉得一隻鳥，長腳尖喙，頭有纓冠，羽毛潔白，「大概是白鶴罷。」他說。他的推測是根據書本上和商標上的圖畫，還參加一些想像的成分。我們從未見過白鶴，但是對於鶴的品性似乎非常明瞭：鶴是清高的動物，鶴是長壽的動物，鶴是能唳的動物，鶴是善舞的動物，鶴象徵正直，鶴象徵涓潔，鶴象徵疎放，鶴象徵淡泊……鶴是隱士的伴侶，帝王之尊所不能屈的……我不知道這一大堆的概念從何而來？人們往往似乎很熟知一件事物，卻又不認識牠。如果我們對日常的事情加以留意，像這樣的例子也是常有的。

我和弟弟趕忙跑到鄰家去，要看看這不幸的鶴，不知怎的會從雲霄跌下，落到俗人豎子的手中，遭受他們的窘辱。當我們看見牠的時候，牠的腳上繫了一條粗繩，被一個孩子牽在手中。翅膀上殷然有一滴血痕，染在白色的羽毛上。他們告訴我這是槍傷，這當然是不幸的原因了。牠的羽毛已被孩子們翻得凌亂，在蒼茫夜色中顯得非常潔白。瞧牠那種耿介不屈的樣子，一任孩子們挑逗，一動也不動，我們立刻便寄與以很大的同情。我便請求他們把牠交給我們豢養，答應他們隨時可以到我家裡觀看，只要不傷害牠。大概他們玩得厭了，便毫不為難地應允了。

我們興高采烈地把受傷的鳥抱回來，放在院子裡。牠的左翼已經受傷，不能飛翔。我們解開繫在牠足上的縛，讓牠自由行走。復拿水和飯粒放在牠的面前。看牠不飲不食，料是驚魂未定，所以便叫跟來的孩子們跑開，讓牠孤獨地留在院子裡。野鳥是慣於露宿的，用不著住在屋子裡，這樣省事不少。

　　第二天一早我們便起來觀看這成為我們豢養的鳥。牠的樣子確相當漂亮，瘦長的腳，走起路來大模大樣，像個「宰相步」。身上潔白的羽毛，早晨起來牠用嘴統身搜剔一遍，已相當齊整。牠的頭上有一簇纓毛，略帶黃色，尾部很短。只是老是縮著頭頸，有時站在左腳上，有時站在右腳上，有時站在兩隻腳上，用金紅色的眼睛斜看著人。

　　昨晚放在盂裡的水和飯粒，仍是原封不動，我們擔心牠早就餓了。這時我們遇到一個大的難題：「鶴是吃什麼的呢？」人們都不知道。書本上也不曾提起，鶴是怎樣豢養的？偶在什麼器皿上，看到鶴銜芝草的圖畫。芝草是神話上的仙草，有否這種東西固然難定，既然是草類，那麼鶴是吃植物的罷。以前山村隱逸人家，家無長物，除了五穀之外，用什麼來餵鶴呢？那麼吃五穀是無疑的了。我們試把各色各樣的穀類放在牠跟前，牠一概置之不顧，這使得我們為難起來了。

「從牠的長腳著想，牠應當是吃魚的。」

我忽然悟到長腳宜於涉水。正如食肉鳥生著利爪，而食穀類的鳥則僅有短爪和短小活潑的身材，像牠這樣軀體臃腫長腳尖啄是宜於站在水濱，啄食游魚的。聽說鶴能吃蛇，這也是吃動物的一個佐證。弟弟也贊同我的意見，於是我們一同到溪邊捉魚去。捉大魚不很容易，捉小魚是頗有經驗的。只要拿麩皮或飯粒之類，放在一個竹籃或篩子裡，再加一兩根肉骨頭，沉入水中，等到魚游進來，緩緩提出水面就行。不上一個鐘頭，我們已經捉了許多小魚回家。我們把魚放在牠前面，看牠仍是趦趄（編注1）躊躇，便捉住牠，拿一尾魚餵進去。看牠

編注　1.趦趄：音ㄗ ㄐㄩ，趦同趑。想前進又不敢走的樣子。

一直嚥下，並沒有顯出不舒服，知道我們的猜想是對的了，便高興得了不得。而更可喜的，是隔了不久以後，牠自動到水盂裡撈魚來吃了。

從此我和弟弟的生活便專於捉魚飼鶴了。我們從溪邊到池邊，用魚簍，用魚兜，用網，用釣，用弶（編注2），用各種方法捉魚。牠漸漸和我們親近，見我們進來的時候，便拐著長腳走攏來，向我們乞食。牠的住處也從院子裡搬到園裡。我們在那裡掘了一個水潭，復種些水草之類，每次捉得魚來，便投入其間。我們天天看牠飲啄，搜剔羽毛。我們時常約鄰家的孩子來看我們的白鶴，向他們講些「鶴乘軒」（編注3）、「梅妻鶴子」（編注4）的故事。受了父親過分稱譽隱逸者流的影響，羨慕清高的心思是有的，養鶴不過是其一端罷了。

編注 2.弶：音ㄐㄧㄤˋ，一種捕捉鳥獸的工具，形似弓。
3.鶴乘軒：春秋時代衛懿公愛鶴，讓鶴乘坐大夫坐的車子。典出《左傳》：「衛懿公好鶴，鶴有乘軒者。」
4.梅妻鶴子：北宋詩人林和靖隱居杭州西湖孤山時，種梅養鶴以為伴，逍遙自在，因無妻無子，故曰「梅妻鶴子」。

我們的鶴養得相當時日，牠的羽毛漸漸光澤起來，翅膊的傷痕也漸漸平復，並且比初捉來時似乎胖了些。這在牠得到了安閒，而我們卻從遊戲變成工作，由快樂轉入苦惱了。我們每天必得捉多少魚來。從家裡拿出麩皮和飯粒去，往往挨母親的叱罵，有時把鶴弄到屋子裡，撒下滿地的糞，更成為叱責的理由。祖父恐嚇著把我們連鶴一道趕出屋子去。而最使人苦惱的，便是溪裡的魚也愈來愈乖（編注5），不肯上當，釣啦，弶啦，什麼都不行。而鶴的胃口卻愈來愈大，有多少吃多少，教人供應不及了。

我們把鶴帶到水邊去，意思是叫牠自己拿出本能，捉魚來吃。並且，多久不見清澈的流水了，在它裡面照照自己的容顏應該是歡喜的。可是，這並不然。牠已懶於向水裡伸嘴了。只是靠近我們站著。

編注 5.乖：機伶、聰明。

當我們回家的時候，也蹦跳著跟回來。牠簡直是有了依賴心，習於安逸的生活了。

我們始終不曾聽到牠長唳一聲，或做起舞的姿勢。牠的翅膊雖已痊癒，可是並沒有飛颺他去的意思。一天舅父到我家裡，在園中看到我們豢養著的鶴，他皺皺眉頭說道：

「把這長腳鷺鷥養在這裡幹什麼？」

「什麼？長腳鷺鷥？」我驚訝地問。

「是的。長腳鷺鷥，書上稱為『白鷺』的。唐詩裡『一行白鷺上青天』的白鷺。」

「白鷺！」啊！我的鶴！

到這時候我才想到牠怪愛吃魚的理由，原來是水邊的鷺啊！我失望而且懊喪了。我的虛榮受了欺騙。我的「清高」，我的「風雅」，都隨同鶴變成了鷺，成為可笑的題材了。舅父接著說：

「鷺肉怪腥臭，又不好吃的。」

懊喪轉為惱怒，我於是決定把這騙人的食客逐出，把假充的隱士趕走。我拳足交加地高聲逐牠。牠不解我的感情的突變，徘徊瞻顧，不肯離開，我拿竹箠打牠，打在牠潔白的羽毛上，牠才帶飛帶跳地逃走。我把牠一直趕到很遠，到看不見自己的園子的地方為止。我整天都不快活，我懷著惡劣的心情睡過了這冬夜的長宵。

次晨踏進園子的時候，被逐的食客依然宿在原處。好像忘了昨天的鞭撻，見我走近時依然做出親熱樣子。這益發觸了我的惱怒。我把牠捉住，越過溪水，穿過溪水對岸的松林，復渡過松林前面的溪水，

把牠放在沙灘上，自己迅速回來。心想松林遮斷了視線，牠一定認不得原路跟蹤回來的。果然以後幾天內園子內便少了這位貴客了。我們從此少了一件工作，便清閒快樂起來。

幾天後路過一個獵人，他的槍桿上掛著一頭長腳鳥。我一眼便認得是我們曾經豢養的鷺，我跑上前去細看，果然是的。這回子彈打中了頭頸，已經死了。牠的左翼上赫然有著結痂的創疤。我忽然難受起來，問道：

「你的長腳鷺鷥是哪裡打來的？」

「就在那松林前面的溪邊上。」

「鷺鷥肉是腥臭的，你打牠幹什麼？」

「我不過玩玩罷了。」

「是飛著打還是站著的時候打的？」

「是走著的時候打的。牠看到我的時候，不但不怕，還拍著翅膀向我走近哩。」

「因為我養過牠，所以不怕人。」

「真的麼？」

「牠左翼上還有一個傷疤，我認得的。」

「那麼給你好了。」他卸下槍端的鳥。

「不要。我要活的。」

「胡說，死了還會再活麼？」他又把牠掛回槍頭。

我似乎覺得鼻子有點發酸，便回頭奔回家去。恍惚中我好像看見那隻白鷺，被棄在沙灘上，日日等候牠的主人，不忍他去。看見有人

來了，迎上前去，但牠所接受的不是一尾魚而是一顆子彈。因之我想到鷺也是有感情的動物。以鶴的身分被豢養，以鷺的身分被驅逐，我有點不公平罷。

——選自《陸蠡散文集》，洪範書店

作者簡介

陸蠡（1908～1942），本名陸聖泉，浙江天台人，上海勞動大學機械工程系畢業，曾在杭州擔任教職，後轉至上海「文化生活出版社」工作。中日戰爭爆發後，上海淪陷，仍續留該地，維持出版社運作。一九四二年，日軍蠻橫抄查「文化生活出版社」，陸蠡至巡捕房交涉未果，遭日本憲兵隊拘捕並殺害。著有散文集《海星》、《竹刀》、《囚綠記》，譯有《魯濱遜飄流記》、《希臘神話》、屠格涅夫長篇小說《羅亭》與《煙》等。

慢讀與深思

讀完陸蠡〈鶴〉一文，大概，很少有人不掩卷嘆息，或心情沉重的吧！

在這篇追懷往事的作品裡，陸蠡回憶童年時代，基於同情和憧憬，曾和弟弟收養過一隻鶴——所謂同情，是因這隻鶴遭槍傷被獵捕；所謂憧憬，則是陸蠡受父親和傳統觀念影響，認為鶴象徵正直、高潔、淡泊、長壽，養鶴是風雅之事，故見此受傷之鶴，乃萌生豢養念頭。

如同現代人豢養寵物般，一開始，兄弟倆倒也不厭其煩，為鶴張羅食物和棲身處，舉凡捕魚、掘水潭、種水草等，無不親力親為，樂此不疲。但隨著鶴逐漸長大，食量激增，又因鶴糞造成衛生問題，初始的「遊戲變成工作，快樂轉入煩惱」，養鶴似乎不再那麼有趣了。恰於此時，陸蠡舅舅來訪，指出兩兄弟所養非鶴，只不過是水邊常見的普通鷺鷥罷了！

真相揭露的時刻，令人何等難堪？

所謂風雅，原來，不過是一場可笑的自作多情！

深覺「虛榮受了欺騙」的陸蠡，失望憤怒之餘，竟對曾心愛的寵物「拳足交加」，且決定趕走這豢養多時、已無野外求生能力的鶴，不，鷺鷥。

文章最後敘述不解陸蠡「感情突變」的被棄鷺鷥，在沙灘上「日日等候主人，不忍他去」，更因對人信任，毫不設防，故有人靠近，便迎上前去，「但牠所接受的不是一尾魚而是一顆子彈」！……

全文敘述一個始寵終棄的悲哀故事，主角是兩次遭人槍擊、最後死於對人全心信任的鷺鷥。陸蠡追憶此陳年往事，以「鷺也是有感情的動物……我有點不公平罷」作結，原本平鋪直敘的筆調，至此漸趨傷感、歉疚，撰寫此文，或也算是一個遲來的悼念、一帖小小的懺悔錄。

〈鶴〉是陸蠡散文〈昆蟲鳥獸〉中之一帖。〈昆蟲鳥獸〉一文共計三帖，分別是——白蟻、鶴、虎——皆憶往之作，兼寓時光滄桑、生命無奈感慨，筆致生動，意味深長，都值得一讀。

鶴

地上的磐石——水牛

◎孟東籬

有一次，我這樣摸著牠的時候，牠突然像一座山一樣緩緩倒了下去，把四個蹄子一伸，側臥在地上，像死了似的。我正是又驚又喜的時候，牠卻流出淚來，滾滾的一顆一顆，豆大的淚水。

（一）

去年春天一個清晨，在花蓮住了二十幾天以後回到鹽寮，發現鄰居的山地老夫婦那隻水牛旁邊多了一隻小牛。兩隻牛站在院子裡的草地上，不遠處則蹲著老夫婦那兔唇的小孫子。

我非常驚奇的走過去，問那小孩說：

「哪裡來的？是大牛生的嗎？」

我這樣問，是因為絕沒有想到這隻大牛會生小牛，因為從我們搬來一年多，她的肚子便總是那麼大──又大又脹又硬。我們常懷疑她肚子裡究竟是什麼，但又始終不相信她會生小牛，因為她的肚子沒有變化，或者可以說，我們沒有看出她有什麼像要做母親的樣子吧！

但現在，她身邊竟然有一隻小牛了，肚子卻並沒有變小。

「是不是從別人那裡抱來的？」我衝口而出，但立即覺得荒唐了。便又說：「她生的嗎？」

「是啊，」那小孩說，仍舊專心看著小牛，大概認為我的話相當奇怪吧，但照例是小孩對大人的怪話總是瞠然而已。

「什麼時候生的？」

「昨天早晨。」

「誰來管他們——誰來幫忙的？」因為我知道那天天晚上喝米酒的山地老人是不可能出來幫忙的，我甚至十分相信，他可能根本不知道他的水牛已經懷孕。對於他的牛，他可能像我一樣懵然吧；至於那山地老太太，我似也覺得她丈夫不管，她也就不管了。

「沒有人來幫忙，她就自己生的啊！」我說。

那小孩仍舊看牛。

「沒有人來幫忙──你們一醒，就看到有隻小牛在這裡了？」

「哎。」但誰也不知道這聲「哎」代表什麼。

但我仍舊認為小牛就是這樣生的，當他們醒來的時候，連包衣都舔光了，小牛的身上當然更是乾乾淨淨的。那山地老夫婦連一把稻草都沒有為這母子鋪一下。更不提那天晚上這海邊的風雨如何了。

收拾得乾乾淨淨的母子，現在在第二天的清晨，對望著那木然而驚奇的小孩。小牛眼睛裡是純淨的黑，充滿對世界的好奇，母牛眼中那巨大的黑則閃著愛的戒備。

屁股靠著母親肚子的小牛，相形之下顯得好小。牠是隻小公牛，後腿根掛著小小的蛋囊，肚臍還未脫落。牠的鼻粱是白的，四隻又嫩

弱又憨粗的腿，自膝蓋以下是白的，其他則全身灰褐，布著胎毛；眼睛和鼻頭的黑，顏色顯得最為突出，長長的耳朵，加上身形，使牠看起來又像小鹿，又像兔子，隱約間似乎散發著新生兒的清香。

我蹲下，向小牛伸手，牠愣愣的看了片刻，便試探的走過來，快走到了，又突然把頭淘氣的一歪，邁著軟弱的小步子，回到母親身邊去了。臉在母親腹側一蹭，小嘴巴就順著腹側伸向母親後腿根的乳房了。

自此以後，那小牛就跟著牠母親在這世上承受作為牛的一切了。吃奶，跟母親依偎，被母親舔得踉蹌歪斜，用嫩嫩的小鼻子去試聞草香，因世界的驚奇而躲到母親身旁，被永遠趕不去的牛蠅叮得肚皮滲血，在泥坑中打滾，糊成泥牛，然後又被母親舔得脫穎而出，有太陽的時候永遠在太陽下，有雨的時候永遠在雨中，起風的時候永遠把頭朝著風的方向昂起，作為唯一避風的辦法。有時候我會懷疑，這樣不論寒暑，一隻小牛能經得起風吹日晒雨打嗎？而事實的證明是牠經得起，現在已在自然酷烈的考驗下長得快有牠母親高了──卻還在吃奶。

最令人有著莫名感動的是颱風的時候，十幾級的風，從海邊或山坡狂捲，傾盆的雨翻飛，水牛母子則平臥地上，腹部貼地，四肢盤跪，頸部前伸，與下頜和地面相連，任憑狂風暴雨吹打，就這樣已如跟大地化而為一，度過自然的凶逆。

每當這時候，你便覺得，牠們多麼像地上的石頭啊！牠們的根，已經深深扎在地上，是地上的磐石。

一種有血有肉的磐石，有痛有愛的磐石。

一種會耕田拉車的磐石，一種會把人馱在背上，曾經任人在上面吹笛子的磐石。

甚至是一種融在中國數千年文化裡的磐石吧，或竟可說，馱著中國數千年文化的磐石吧！

（二）

老夫婦的牛是不耕田的，因為他們無田可耕。他們的牛只用來拉海邊撿來賣的石頭。

但老唐夫婦的牛則用來耕田。

老唐夫婦四、五十歲，也是阿美族。他們是鹽寮最辛勤的農人，不但自己耕，還為人代耕，而不論是水稻田，還是玉米田，凡他們耕作的，一律又漂亮又興旺。看他們在水田裡耕作，那種耐力，那種默認的用心，那種全力以赴，令人驚心動魄。

在田裡耕作的唐太太，除了膝部以下封在泥濘裡之外，全身都裹在蓋頭、衣服和護手裡，只露黑黑的眼睛和嚼著檳榔的紅嘴，而衣服掩蓋下的她渾身是力。雖然做到黃昏，她也喊累，但總教你驚服得以為她這種人幾乎是不會累的。

至於耕作中的老唐，則完全可以入畫了（但這絕不表示他是不勞苦的，畢竟勞苦中的體形有著雙重的感人性）。

我喜歡老唐扛著犁遠遠走來的樣子。他那舊長褲撕掉半截褲筒露出的腿，並不粗，但極有韌力，他那撕去半截袖子的舊襯衫裡的身

體，則是正正式式的三角形，自腰以上漸寬漸厚，而到肩膀時則微微弓起，扛著那犁的巨大壓力，你覺得他的脖子簡直就和他的水牛的脖子一樣強勁。

老唐的水牛是極其漂亮的一種。犄角短、寬、厚，非常剛毅，非常有力；臉也比較短，鼻頭比較黑、潤、厚，眼睛則顯得特別乾淨，又大、又純、又「壞」。從下頷開始，牠的脖子就橫橫的粗起來，到了肩膀則跟身體渾圓相接，那種巨壯，使你眼暈，但牠的肚子並不大，只是呈現著動力感，牠是隻公牛。

這樣漂亮的公牛，八、九年前在花蓮美崙溪畔我還看到過一頭，奇怪的是牛主人也有點像老唐那樣「牛牛」的，而且也同樣喜歡他們的牛，也同樣說他們的牛很凶。

但這隻牛我卻跟牠建立過很好的關係。

有好幾次，我只是在一旁驚嘆的看著牠，後來，我蹲下去，後來，我向牠伸出一隻手來。

牠用大黑眼睛看著我的那一隻手，發愣，然後，開始在空氣裡聞，看我有沒有敵意（我曾在書上看過，有些動物能「聞」出對方有沒有敵意來；就我所知，牛和狗好像確實有這個本領），然後，牠走過來，聞我的手，繼則舔，然後把舌頭伸進鼻孔中「鑑定」。然後，把我整個手都「裹」進牠的嘴裡，再然後就是用牠又大又厚又有刺、又帶著草香的舌頭來舔我的臉了。我「卻之不恭」的忍受了一兩下，就「藉故」推開，去摸牠的有鬍子的嘴唇皮，然後摸鼻梁，摸眼眶，以至摸到牠最敏感的犄角根和耳根。耳根，是牠最喜歡讓人摸的地方。

這樣，我們建交了。

有一次，我這樣摸著牠的時候，牠突然像一座山一樣緩緩倒了下去，把四個蹄子一伸，側臥在地上，像死了似的。我正是又驚又喜的時候，牠卻流出淚來，滾滾的一顆一顆，豆大的淚水。

自此以後，牠每見我來，就自動先倒下，四腳一伸，讓我摸，而我走的時候，牠往往看著我很久很久，直到目送一百尺以外。

（三）

我常常想養牛，以前想養，是為了可以跟牛玩，可以騎在牛背上，可以把小孩子放在牛背上，可以看大牛生小牛，可以看牠們舐犢情深。但我沒有錢也沒有地可以養牛。因此這念頭就放下了。但最近我又想養牛了。因為我看到報上有人偷牛去屠宰，因為我們鄰居老夫婦的牛已經有兩次引來牛販了，因為農村到處看到「機器牛」代替了水牛。

因此我在擔心，不久之後，我們的農村會不會就不再有牛了，我擔心萬一有一天，農人發現機器牛有問題，發現還是水牛好的時候，已經找不到水牛了。

那時候，如果我已經儲備了幾百隻、幾千隻、甚至於幾萬隻又健康又大又壯又漂亮的牛，該多好！

注：寄稿的下午，老夫婦的牛剛被卡車運走。

——選自《愛生哲學》，爾雅出版社

作者簡介

孟東籬（1937～2009），本名孟祥森，河北定興人，輔仁大學哲學碩士，曾任教於臺灣大學、東海大學等，譯有《齊克果日記》、《流浪者之歌》、《湖濱散記》、《地下室手記》、《愛的藝術》、《西洋哲學思想史》、《異鄉人》、《人性枷鎖》、《如果麥子不死》、《美麗新世界》、《珍·古德自傳》等重要西洋文哲作品，並著有散文集《濱海茅屋札記》、《愛生哲學》、《素面相見》等。

慢讀與深思

孟東籬〈地上的磐石——水牛〉文分三節，記述他在日常生活中，近距離觀察、接觸、親近三隻臺灣水牛的故事與感慨。

全文以孟東籬隱居之花蓮鹽寮為背景，第一節書寫鄰居母牛和才出生一日之小牛，既描繪小牛純潔可愛形象，復刻劃母子舐犢情深樣態，更特寫強颱來襲，風狂雨暴，水牛母子平臥在地，處變不驚、寧靜面對的忍者風貌，並以「地上的磐石」、「一種有血有肉的磐石，有痛有愛的磐石」稱之，令人印象深刻。

第二節寫友人老唐夫婦之水牛，除具體描摹其壯美形貌外，更著墨於作者與此水牛建立親密友誼的故事。孟東籬以生動細膩之工筆，將這不可思議的過程，呈現得歷歷如繪，尤其牛像山一樣倒下，四足一伸，流出淚水，任人撫摸的描述，溫馨感、戲劇性、傳奇色彩兼具，實為現代文學作品所僅見。

第三節寄慨臺灣水牛，因屠宰和「機器牛」出現而漸消失，文末更以「寄稿的下午，老夫婦的牛剛被卡車運走」作結，其下場是屠宰？賤賣？或……？則由讀者自行想像。

綜觀本文一、二兩節，實堪稱一帖臺灣水牛頌！其中，人、牛超越物種的信任與愛之書寫，令人動容！而透過孟東籬現身說法，我們亦才具體了解，原來，牛（或動物），其實和人一樣，在「有血有肉」之外，其實，也是「有痛有愛」、有著深刻鮮明的情感反應啊！

地上的磐石──水牛

象腳花瓶

◎喻麗清

槍聲響起，老象山崩一樣即將倒下，那隻小的……我的孩子、我的孩子，快跑，快跑，不要管我，不要停下……

啊，真是靜得太好。

一個人，走在淡季的博物館裡。

靜得這樣美，使我彷彿能夠「看見」我的每一舉步都在推動身邊的空氣，造成一種透明無聲的流動。

靜得這樣美，使我想及孤獨的好處：它總不會使你過分的囂張。一個人孤獨的時候，大喜大怒大哀大樂都不至於了，所有的情緒都似乎沖淡成互容的境地，因而哀愁亦微帶喜悅，快樂亦略有憂鬱。「在群眾中，你生活於當時的時代。在孤獨中，你生活於所有的時代。」真正是有感而發的至理名言。

靜得這樣——有一種和平的寂寞，溫柔地在身心裡盪漾開來；燙過了的日本米酒的滋味，淨白溫熱，盛在精細的小瓷杯裡，獨自對抗

著屋外的風雪與粗礫；那樣脆、那樣弱、那樣禁不起的——美。

*

信步來到史諾獵品陳列室。

大象、獅、虎、麋和犀牛。史諾先生是「五大」名狩獵家之一，專門「槍殺」巨型動物。每一個標本旁邊都有他手持獵槍與動物屍身的合照。有人會對「死亡的遊戲」這樣著迷，真叫人吃驚。

史諾先生不知道願不願意把自己的屍身也做成一具標本？

日本有過一位藝術家，生前曾刻好一具木雕，跟他本人一模一樣，只有頭髮與指甲的部分是等他死後，請人另「栽」上去的。是的，那木雕上的頭髮和指甲是「真」的。然而如果你問我：「真」的是「活」的嗎？我卻答不上來。

*

噓，讓亡者安息吧。我帶你去看一隻花瓶。

一隻真的象腳做的花瓶。

以前有一個人，他本來也可以成為狩獵名家的。可是，有一次他打了一隻痴心的大笨象。那隻象，是頭軟心腸的母象。牠不能奔躲出槍程之外，完全不是因為牠跑不快，而是因為牠的小象不能跑快。

那個人後來只要一閉上眼，還彷彿可以清晰地看到沙塵滾滾之中兩隻象——一大一小——拚命地跑著。大的顧著小的，小的哀哀驚呼。槍聲響起，老象山崩一樣即將倒下，那隻小的……我的孩子、我的孩子，快跑，快跑，不要管我，不要停下……他彷彿聽見母象力竭聲嘶的忠告……

他作夢也不曾想到，那小小的象影，在一片黃塵裡竟掉過頭來又回到牠母親的身邊。母象終於轟然倒下了，塵土落盡處，母象的屍身恰恰壓在小象的身上。

母象，做成了一具美麗的非洲象標本。小象是不堪造就了。他悄悄割下了一隻小象的象腳。

就是這一隻可以插上鮮花的象腳花瓶。

當然它是真的，看看那幾個腳趾甲，看那粗粗的皺皺的灰皮，是真的活過的一隻小象。

那個人，他後來再也不在乎能否成為「名」狩獵家了。據說，他死後，家人散盡了他的一切收藏，唯獨這隻象腳花瓶，他在遺囑中指定了要捐給博物館。

＊

啊，靜得多好，教人心上帶點兒微疼。

我漸漸了解，為什麼外面必須是個車馬喧嚷的世界，為什麼要有鳥鳴犬吠來劃破松竹的清寂——因為在一片極靜當中，我們的良心就要聽見無數的亡魂來訴說他們的故事了，而那些故事，是要追索我們感情的債的！

——選自《蝴蝶樹》，爾雅出版社

作者簡介

喻麗清（1945～2017），浙江杭州人，臺北醫學大學藥學系畢業。曾任職加州大學脊椎動物學博物館，並擔任海外華文女作家協會會長。曾獲中國文藝協會文藝獎章、金鼎獎等。著有散文集《春天的意思》、《蝴蝶樹》、《依然茉莉香》、《捨不得》、《後院有兩棵蘋果樹》，小說《喻麗清極短篇》，詩集《未來的花園》，並編有《兒歌百首》、《情詩一百》等。

慢讀與深思

喻麗清〈象腳花瓶〉一文，在形式上，設計成四個小節。

第一節為全文楔子，點出文章背景是——靜得令人湧生寂寞、孤獨感的動物博物館，和訪客稀少的參觀淡季。

第二節逐漸進入主題，指出專槍殺巨型動物、被列為「五大」名狩獵家之一的史諾，喜歡在標本旁放上他手持獵槍與動物屍體的合照，但——

「史諾先生願不願把自己的屍身也做成標本呢？」

此一質問，看似溫和，實則犀利！接著，更藉日本某藝術家事例，在「真」與「活」的辯證中，指出生命可貴，標本無法取代的道理。

第三節持續延伸標本議題，書寫一哀傷真實的故事，為全文核心所在。母象小象不離不棄、雙雙死於人類無情狩獵的文字畫面，令人震驚；而獵者現場目擊天倫悲劇發生，深受震撼，日後竟放棄狩獵初衷的改變，亦令人為之欷歔不已；至於母象標本、小象象腳花瓶，成為人類殘酷的沉默見證與指控，撞擊參觀者的良心，尤令人黯然無言。第四節除呼應首節寂靜描述外，更以「感情的債」一詞作結，喚醒讀者內在人道情懷，餘音裊裊，意味深長。

全文透過象腳花瓶故事，暗寓反動物標本之主張，並對狩獵者的炫耀心態、英雄主義，多所批判。喻麗清曾任職美國加州大學脊椎動物學博物館，〈象腳花瓶〉就上述議題，提出嚴肅深刻的省思，當與此經歷背景有關。

象腳花瓶

只因牠特別忠厚

◎余秋雨

不管是農業文明還是畜牧文明，人類都無法離開牛的勞苦，牛的陪伴，牛的侍候。牛累了多少年，直到最後還被人吃掉，這大概是世間最不公平的事。

西班牙到處都是鬥牛場，有的氣勢雄偉，有的古樸陳舊。我知道到了西班牙不看鬥牛是一種遺憾，便幾次隨車隊去鬥牛場，結果都大門緊閉，一片冷清，怎麼按電鈴也沒有反應，只能看場外那些著名鬥牛士的雕塑。後來終於在一個場子門口問到一位工作人員，他說鬥牛期剛剛過去。

我心中暗自慶幸，因為找到了不看的理由。

當然知道許多傑出的藝術作品取材於鬥牛，有些我深深佩服的作家如海明威，對鬥牛還深有研究；當然也知道這種生死遊戲有一種原始美感，這種血腥舞蹈最能表現男性的風姿，但無論如何，我不喜歡鬥牛。

萬千動物中，牛從來不與人為敵，還勤勤懇懇地提供了最徹底的

服務。在烈日炎炎的田疇中，揮汗如雨的農夫最怕正視耕牛的眼神，無限的委屈在那裡忽閃成無限的馴服。不管是農業文明還是畜牧文明，人類都無法離開牛的勞苦，牛的陪伴，牛的侍候。牛累了多少年，直到最後還被人吃掉，這大概是世間最不公平的事。記得兒時在鄉間看殺牛，牛被綑綁後默默地流出大滴的眼淚，而這流淚的大眼睛我們平日又早就熟悉，於是一群孩子大喊大叫，挺身去阻攔殺牛人的手。當然最終被阻攔的不是殺牛人而是孩子，來阻攔的大人並不叱罵，也都在輕輕搖頭。

長大了知道世間本有太多的殘酷事，集中再多的善良也管不完人類自己，一時還輪不到牛。然而即便心腸已經變得那麼硬也無法面對鬥牛，因為它分明把人類平日眼開眼閉的忘恩負義，演變成了血淋淋的享受。

從驅使多年到一朝割食，便是眼開眼閉的忘恩負義，這且罷了，卻又偏偏去激怒牠、刺痛牠、煽惑牠，極力營造殺死牠的藉口。一切惡性場面都是誰設計、誰布置、誰安排的？牛知道什麼，卻要把生死搏鬥的起因推到牠頭上，至少偽裝成兩邊都有責任，似乎是瘋狂的牛角逼得鬥牛士不得不下手。

人的智力高，牛又不會申辯，在這種先天的不公平中即使產生了英雄也不會是人。只能是牛。但是人卻殺害了牠還冒充英雄，世間英雄真該為此而提袖遮羞。

再退一步，殺就殺了吧，卻又聚集起那麼多人起哄，用陣陣呼喊來掩蓋血腥陰謀。

有人辯解，說這是一種剝除了道義邏輯的生命力比賽，不該苛求。

要比賽生命力為什麼不去找更雄健的獅子老虎？專門與牛過不去，只因牠特別忠厚。

——選自《行者無疆》，時報出版公司

作者簡介

余秋雨（1946～　），浙江餘姚（今慈溪）人，知名文化學者與作家。曾任上海戲劇學院院長、澳門科技大學人文藝術學院院長，現任復旦大學、同濟大學、交通大學、上海大學兼職教授。曾獲魯迅文學獎、《聯合報》讀書人最佳書獎、金石堂年度最有影響力書獎等。著有學術論著與美學論述《中國戲劇文化史述》、《藝術創造工程》、《君子之道》、《極品美學》，散文集《文化苦旅》、《行者無疆》、《千年一嘆》、《傾聽秋雨》、《借我一生》、《泥步修行》等，為當代華人世界最具影響力的學者和作家之一。

慢讀與深思

余秋雨〈只因牠特別忠厚〉和孟東籬〈地上的磐石——水牛〉，都是以牛為主題的深情散文。雖兩篇文章在創作動機、文章切入點和主題意涵上大不相同，但作品的豐富文學性，以及，在生命倫理課題上所帶給讀者的感動、啓發與深思，卻是一樣的。

簡言之，〈只因牠特別忠厚〉一文，書寫余秋雨旅遊西班牙期間，對該國歷史悠久之傳統活動——鬥牛——的思考與感慨。

由於適逢鬥牛季結束，余秋雨一方面暗自慶幸，找到可以不看這血淋淋生死搏鬥的理由，另方面則從「不喜歡鬥牛」一點出發，述及童年歲月對牛的觀察與感情，並指出以牛之馴服委屈、從不與人為敵、終生為人提供徹底服務，最後卻遭人屠宰割食，「這大概是世間最不公平的事」；繼則再回到鬥牛主題，展開一段迷你的反鬥牛論述，力陳鬥牛不是所謂的「生命力比賽」，而是「忘恩負義」的虐牛、屠牛行為，更是不人道、不文明、不符公平正義原則的殘忍娛樂，結語則暗寓應終結、廢止此血腥表演的深意。

全文出以一枝雄辯無比之健筆，既明言「對鬥牛說不」的邏輯，復感性刻劃牛的溫馴性格、悲慘終局，與純真孩童救牛的感傷畫面，充滿真實情感、戲劇張力與人道關懷，實為典型的以動物保護為核心思想之作。

據說，目前西班牙每年約有兩千場鬥牛，全球每年約二十五萬頭牛在鬥牛場上遭凌遲致死！令人無言。但願，隨著人性與動保意識逐漸成長，這個把殘忍快樂建築在動物痛苦上的血腥活動，從人類歷史消失。

貓

◎蔣勳

這三隻飢餓驚慌的小貓，當我抓住牠們，強按在碗口邊就食時，牠們卻全力的掙扎，敵意地瞪著我，甚至有一隻還竭盡其力地掙脫，在我手背上狠狠抓了一痕，然後逃開竄走了……

我不喜歡貓。

在動物裡，我覺得貓太陰沉。貓除了發情時有淒厲可怖的叫聲——同樣是討人厭的之外，幾乎是沒有聲音的。

小時候常常在黝黑的巷子角落看見貓，雙方都立刻停下來，牠一動也不動地凝視我，好像要攝去我的魂魄。

我大一點以後，膽子壯了，逢到被貓那樣陰森地盯著瞧時，便跺腳嚇牠，貓兒就「咻」地一下竄走，同樣是去得無聲無息。

因為牠來去沒有一點聲響，以及那陰冷的眼神，每一次看見貓，都覺得是看見了一個幽靈。

有些朋友很喜歡貓，養到五、六隻之多。

家裡養的貓與野貓不同，面對人的時候沒有那種屏息瞪視的緊

張；甚至有的還十分親人，你一坐下，牠們就跳上身來，蜷臥在你懷中，用頭臉蹭磨你的身體，向人撒嬌討好。

但是我還是不喜歡貓。貓兒太狡黠又陰森的眼神，無論如何都給我不快的感覺。我喜歡稍稍有一點傻氣的動物，像鵝，或者牛，笨重憨厚，多一點人間的氣味，比較可親。貓的動作太準確了，好像數學，牠的機靈又像是懷著計謀，似乎每一個眼神、每一個腳步都充滿了心機。

古代的埃及人是喜歡貓的，在他們的藝術品中常常看到貓的主題。黑色的大理石精雕的貓，鑲嵌了綠寶石的瞳眼，發著燐燐幽幽的光，彷彿還帶著古墓中的寒氣和幽靈的詭異，從古老神祕的年代向你走來，像一個謎語或符咒。

埃及人本身就像貓，他們偉大的文明使我讚嘆，也就是那近於貓族的神祕、準確、冷靜而深沉的美。

我的不喜歡貓卻因為最近發生的一件小事有一些改變。

我住的地方有一間廢掉的車庫，用來當作堆放雜物的所在。因為長年乏人清理，自然積滿了灰塵蛛網。

有一天，不知道為了尋找什麼物件，我找到這車庫中去。不料才一打開門，立刻看到一隻圓睜著雙眼的貓，一動不動地盯著我。因為太過突然，我也呆住了。我們便僵持著，四周的空氣都彷彿一下沉靜了，只有我的和牠的謹慎的呼吸。

等我緩過來，跺一跺腳，牠向我凶厲地叫了一聲，卻並不立刻逃走，我再跺一次腳，牠才十分無奈地從車庫下的空隙一溜煙跑掉了。

我走進堆滿雜物的內部，在一堆木箱中赫然發現三隻才出生不久的小貓，雖然還站立不穩，卻同樣睜圓了眼睛，做出敵意防備的姿態。

我想，剛才逃走的應該是牠們的母親了。

任何動物在嬰兒時都是惹人憐愛的。我伸手去逗弄這三隻小貓。牠們卻立即咆哮了起來，帶著乳音的嗷嗷的叫聲，以及那尚站不太穩，卻故作張牙舞爪的姿勢，使我覺得了牠們在危機中求生存的辛酸，不禁對這三個小小的生命起了敬意。

我彷彿聽人說過，母貓產子是十分祕密的。如果被人發現，牠便覺得安全受了威脅，或察覺乳貓身上有人觸碰的氣味，便不惜殺死親子，將小貓嚼食淨盡。

我猶疑了一會兒。這三隻步履維艱的乳嬰，依然嗷嗷叫著，彼此鑽擠，在雜物的隙縫中求一點避身之處。

我暫時退出車庫，從虛掩的門外察看動靜。

三隻小貓慢慢從雜物中探出頭來，四面張望，發出嗷嗷的呼叫母親的聲音來。牠們甚至爬出了木箱，一搖一擺在地上行走，的確是連走路都還不穩的初生的嬰兒啊！踉踉蹌蹌，結伴去尋母，在雜物間跌跌絆絆，使我覺得不忍了。

牠們的叫聲越來越近淒厲，母貓卻始終未再出現。我因此決定給牠們一點食物，便在廚房調了一碗牛奶拿到車庫去。

我想凡是動物，特別是幼小的動物，嗅聞到美味的食物，是一定要放棄牠們的敵意，歡欣地前來吃食的吧。

結果卻很使我訝異了。這三隻飢餓驚慌的小貓，當我抓住牠們，

強按在碗口邊就食時，牠們卻全力的掙扎，敵意地瞪著我，甚至有一隻還竭盡其力地掙脫，在我手背上狠狠抓了一痕，然後逃開竄走了，依然躲去那雜亂黑暗不可知的角落。

我拿著碗，手背上有著不十分痛卻有點辛辣的感覺。我對這三隻小貓有了敬重，我對野生的動物有了敬重，我對那在艱困中掙扎求活卻不輕易受人豢養的生命有了敬重。

此後這三隻小貓的命運我無從知道。母貓是否回來過？是否嚼食了牠的親子？我都不知道。這浩大不可測的宇宙，許多事物的是非那麼難以判斷，有些慈愛看來竟像是殘酷，而這看來淒愴可悲的三隻小貓卻第一次使我覺得了生命掙扎求活的尊嚴啊！

——選自《大度．山》，爾雅出版社

作者簡介

蔣勳（1947～　），福建長樂人，生於西安，成長於臺灣。中國文化大學史學系、藝術研究所畢業，1972年負笈法國巴黎大學藝術研究所。曾任《雄獅》美術月刊主編、東海大學美術系主任、《聯合文學》社長。曾獲吳魯芹文學獎、金鐘獎、金鼎獎等。著有散文集《池上日記》、《大度．山》、《捨得，捨不得——帶著金剛經旅行》、《肉身供養》、《微塵眾》、《少年台灣》等；藝術論述《美的沉思》、《天地有大美》、《黃公望　富春山居圖卷》等；詩作《少年中國》、《多情應笑我》、《祝福》等；小說集《新傳說》、《寫給Ly's M》等；有聲書《孤獨六講有聲書》；畫冊《池上印象》等。

慢讀與深思

以〈貓〉為文章篇名，蔣勳此文劈頭便直截了當、毫無模糊空間地聲稱——他不喜歡貓！

原因是他個人覺得，貓個性狡黠深沉，來去無聲無息如幽靈，陰森的眼神似能攝人魂魄，缺少「人間的趣味」，且貓的動作像數學般準確，「似乎每一個眼神、每一個腳步都充滿了心機」！因此喜歡動物帶點傻氣的蔣勳，無論如何，不喜歡貓。

但這事後來卻產生戲劇性改變，關鍵在於蔣勳在廢棄車庫中，意外發現了一隻母貓和三隻甫出生的乳貓；尤其，三隻在艱困中掙扎著求生存的乳貓，即令飢餓難耐，卻仍頑固倔強、拒絕美食誘惑所表現出來的「尊嚴」，震撼了蔣勳，以致扭轉了他過去根深柢固的想法——

「我對這三隻小貓有了敬重，我對野生的動物有了敬重，我對那在艱困中掙扎求活卻不輕易受人豢養的生命有了敬重」！

全文從童年經驗、日常觀察與體會，寫到埃及古文明，復轉至現實生活中一樁偶然、意外的戲劇性事件，靈活自然；而寫小貓乳音咆哮、張牙舞爪、充滿敵意的表情與動作，生動傳神，尤令人彷彿親見這三個脆弱小生命的頑強神態，與最後步履維艱、一搖一擺、緩緩走向「那雜亂黑暗不可知的角落」，與不可知命運的小小身影。

其實，若深入尋思，則蔣勳所見無奈逃走的母貓，和三隻危機重重、命運未卜的小貓，又何嘗不是人類社會中，掙扎著求生存的所有動物的縮影？而蔣勳此文最深刻可貴的意涵，豈不也正在於此？

但願掩卷之餘，我們也都能像蔣勳一樣，對野生動物有所敬重，對在艱困中掙扎求活、不輕易受人豢養的生命有所敬重，之外，更對牠們有著——溫暖的惻隱之情與平等的同理心。

猴群

◎凌拂

公猴攀著鐵條，神情專注的抓蒼蠅，每發必中從無失手，到手的蒼蠅牠捏在手裡，摘去頭、翅，只吃軟軟的肚腹，神情專注，一粒一粒像嗑瓜子。

一九九三年八月一日，這是我特別記下的日子。

那一天假日，朋友上山來，早上八點我們坐在屋前吃早餐。打點就緒，我才俯首坐下，他跳起來，指著對岸的山上大叫：「猴子，猴子，一群猴子。」

我看不到。他指著一區滾沸的樹叢急道，就在那，就在那。於是我叫道，啊，啊，啊……。我看到了枝椏上一隻獨臂吊掛、懸垂動盪不已的飛盪物。衝回室內拿了望遠鏡出來，一個小鏡頭裡跳躍的畫面來不及看。望遠鏡在眾人手裡搶換著，果然是一群猴子，臺灣除了人類以外，唯一的靈長類動物——臺灣獼猴。這個幾萬年前在臺灣與大陸相連時就已來到臺灣的獼猴，經過冰河運動被隔離下來回不去了，長期演變的結果，形成了特有的外貌和基因。這個世界上獨一的臺灣特有種，一度被籲為保護的瀕臨絕種的動物，在我們這個山區，我是第一次確定了牠還有這樣的數量。

整整一群，大大小小約有十幾隻，牠們一路從頂峰上飛躍下來，時走時停。我們以視野追蹤，叢樹茂密處很怕追丟了牠們的飛影。空曠處大家一起尖叫，看牠們在岩壁上戲耍，大的肥碩雄壯，小的身影柔細，似在盈握之間。隱蔽處，很明顯的一叢樹影鼎沸翻動，像一時匯聚了八級強風定點著陸，我們緊盯著山樹沸騰處，眼睛隨著動線流轉，每至一處要離去時必是一隻大猴子先行越梢而去，十數步遠停下來回首，而後是幼猴，其餘再

臺灣獼猴（攝影／陳幸蕙）

一一跟進之後飛速離去。很明顯的一條動線，樹身從山頂一路急速移動搖晃下來，穿過橘園，到山下近溪谷處轉向騰飛而去。

住在山上許多年，這是我第一次這樣看到一群數量龐大的猴子在山野中飛嘯，夢幻一般有幾分驚疑。

初來之時那是一九八七年，住在我駁坎（編注）下方的六年級小孩一回告訴我，清晨六時他們就隔著溪流趕猴子。因為一群猴子就在對山他們的薑園裡嬉戲，拔了薑株亂擲亂丟，弄得狼藉一片。隔著溪流看這個刁潑猴陣，他們也一群人混編在一起隔岸暴吼，心血被糟蹋，眼睜睜看著一群凶犯，只能跺腳。大家在大叫保育野生動物的時候，山上人可正對臺灣獼猴恨得牙根癢癢。爾後，常聽到他們狀訴這一群野潑猴的種種惡跡。這一群猴子採了山上橘子當物擲，採了就丟，橘園

編注　駁坎：護坡、擋土牆。

滿地都是不堪的即將成熟的果子。農戶哀憤惋惜的說：「吃了也好，又不吃。」我想起關於猿猴靈長類屬的傳說古來極多，這群猴子是否如故事中所說「其形如人，健走，採物置於腋下，邊採邊落，無功之狀，招觀者訕笑」，這群潑猴把橘子夾在腋下，每採一個便掉一個；囤聚是生命的本能，只是人學會了攜帶，懂得使用袋子。滿地橘子是這樣子的麼，除非真有機緣看見，這群獼猴是不可能告訴人了。

爾後我在山區四處遊走，發現被禁錮在鐵籠裡或被鍊鎖在樹上的獼猴不下四、五處，有的腳斷了被鍊著養在樹上，時不時遭人丟兩片山果青葉過日子，閒無聊時摳摳身上的蝨蚤當芝麻。最大宗的是山上的某遊樂園裡，一排牢籠大小不等的分別關著一隻或兩隻猴子，十幾個牢籠聚在一起，獼猴身上的腥騷引來許多綠頭大蒼蠅，我蹲在牢籠前仔細端看大小獼猴的眉目，那獼猴似已習慣了人的無禮，小猴摟著母猴自圓成一個完好情境，一臉親近不理我。公猴攀著鐵條，神情專注沒有遠景的抓蒼蠅，動作神速俐落，每發必中從無失手，到手的蒼蠅牠捏在手裡，摘去頭、翅，只吃軟軟的肚腹，神情專注，一粒一粒像嗑瓜子。一技入神，器或寓道，這潑猴在山林裡輕騎四野，群聚闖蕩，而今是戰將被迫解甲，江山亡去，再也沒有心事，死心踞在籠裡做寓公。那綠頭蒼蠅飛旋已夠俐落神速，然而逃不過獼猴的掌心。戰將雖已解甲，寶刀未老；寶刀未老，到頭來也只落得消磨餘生，尺餘籠裡不鼓不譟，靜默了才好收拾心情。

在山中生活，不意間常有鳥獸蟲魚給帶來歡樂，當然也有不是的時候。一九九二年三月豔陽天，正逢假日，我從神木群下來，經營旅遊食宿的山莊前集了一群遊人，圍著一個扁扁的立起的雞籠，裡面塞了兩隻小猴子，「一隻一千」聲中，兩隻小猴子備受驚恐，全身發抖，緊緊的摟在一起，眼神裡露出的恐懼，與人無異，然而大家臉上都帶著笑意，一隻一千，一隻一千，吆喝間笑意盈盈，待價而沽。猴子與人彼此之間到底兩個世界，雖同為靈長類，可人類的行為並沒有把牠視為生物。我後來再去，看不到了離開媽媽的小猴子，心裡一直懸念著，但是也只能這樣虛矯的懸念著，彷彿這樣可以稍稍維繫著一點自己的品德。

再往前，一九九〇年我們戶外活動，溪邊野炊。因為不是假日，整條溪山靜悄悄。野炊已近尾聲，灶旁的人都散了，有的泡在水裡，有的專注在石縫間抓小蝦，這時只有一個二年級的小孩還跪在餘溫的灶旁烤麵包，溪山無聲靜悄悄，小孩覺其後有物拍肩，一回首驚跳起來，竟是一隻尚未成年的小猴子伸手向他乞食。可以想見小孩措手驚叫，這是絕無僅有的經驗了，我們的生活中對這樣的情境匪夷所思，是完全空白的教育與傳承，小猴子沒有要到食物，再也不會回來，一次失敗就是永遠的錯離了。

後來我想，這隻小猴子或許是受了食物的誘引，離群隱伏在近處必然已經許久了，好不容易，伺機出現，初生之犢，或許牠信任小孩和牠一樣天機未泯，是個可以親和的對象吧！我常常想著那一隻尚未成年的小猴子，牠為什麼落單行動，弄得最後落荒而逃，該怪牠的獼猴爸爸獼猴媽媽沒有給牠足夠的後天教育與學習，還是牠是從山上的某遊樂園裡潛逃出來的小猴子，這個茫漠的世界超過了牠基因記憶的範圍，牠對人類的信任，正是人類對牠的虧欠。牠是最後一隻對人類還懷有期待的小獼猴吧！

一九九四年春假，一大清早我下溪谷，不意間，嘎，溪邊巨石上錯落不等的坐了一群獼猴晒太陽，多麼自在的一個山野族群，乍然撞見，兩廂皆感震動，大吃一驚。我看牠們在晨風中離去，羽毛拂揚，不下十五、六隻，來不及數。不知是不是一九九三年八月一日我遠遠看到的對山那群，這是我在山野中和牠們最近的一次照面了，驚愕一眼，都算和善，可什麼也來不及做，山野情趣，最好的也就是這樣了，自來自去。

同年底我在山中一戶住家附近，看到一隻三隻腳的獼猴，又老又髒，異常頹廢。以為是人養，但是未繫鍊鎖。詢問之下才知是野猴一隻，不定時出現在四圍環繞，可能是為了覓食，老來落魄，過著躲躲藏藏，人去牠來，人來牠便遠遠避離的日子。牠臉上的那種膠著神情，是任何生命多多少少都會遭遇到的一籌莫展吧。

前兩天我又聽人告訴我對山出現一群猴子。那人說初時只覺蹊蹺，全山靜謐只一叢樹影沸動，等到悟知是一群獼猴時，只見飛影速去，來不及找望遠鏡了。

我聽了判斷還是一九九三年看到的那一群吧。近年來猴群似乎有越來越近人居處活動的趨勢，是數量遞增的緣故；還是農業式微，比較深的山上橘子園逐年荒蕪，只得向下覓食；抑或是遊人日益增多，溪邊棄置的垃圾堆裡是個寶藏？這些臺灣獼猴，日日在山裡有自己的兵卒方陣嗎？無論如何，人性總是見獵心喜，可別給人捉了去呀！何況牠還丟了人家一地橘子，拔了人家一園薑苗，更何況人要拿起十字弓來，真是糟糕，連理由也不必找尋一個。

——選自《與荒野相遇》，聯合文學出版社

作者簡介

凌拂（1952～　），本名凌俊嫻，祖籍安徽合肥，生於臺灣屏東，輔仁大學中文系畢業，曾任教職，現專業寫作。曾獲《中國時報》文學獎、《聯合報》文學獎、開卷年度好書獎、洪建全兒童詩獎等。著有《世人只有一隻眼》、《與荒野相遇》、《食野之苹》、《山童歲月》、《學校一百歲》、《山・城草木疏：綠活筆記》、《甲乙丙丁：十七個寬容等待的教學故事》，並譯有《森林的誕生》等。

慢讀與深思

作家凌拂曾於臺灣北部山區獨居十年，與鳥獸蟲魚愉悅相親、與山野自然「徹底相融」，並曾將此美好獨特的生活體驗，和山居歲月所見野生萬物「存在的現象」，以一枝深情細膩之筆，進行書寫記錄，成散文集《與荒野相遇》。本書所選〈猴群〉一文即出自《與荒野相遇》。

所謂猴，在凌拂此文中，特指臺灣獼猴。

全文聚焦於特定的幾個時間點，凌拂既寫其親眼目睹——猴群在溪邊巨石上晒太陽的悠然自在，穿梭於密林間矯捷游移的流線景象，在山區被禁錮、被鍊鎖、被集體拘囚於遊樂園的無奈，以及，失去母親保護的兩隻幼猴，彼此相擁，任人待價而沽的驚惶恐懼等；復於此諸多親身經驗外，更書寫其學生、近鄰所述——猴群在薑田、橘園採摘作物亂擲，弄得狼藉一片，造成農户損失的劣跡，以及，未成年小猴輕拍人類

兒童肩膀乞食，簡直匪夷所思之事，等等。

全文在這些主、客觀經驗記述外，亦著眼於臺灣獼猴行為（劣跡）的詮釋——例如，推測猴群造成果園滿地落橘，應非出自惡意，而是「採物置於腋下，邊採邊落」，天生愚昧的結果；又如，揣度臺灣獼猴日益靠近人類居處，從事覓食與活動的可能原因，應是猴群數量遞增，或山區食物匱乏、人類垃圾形成誘惑等，而結語叮囑處於相對弱勢的猴群——「可別給人捉了去呀！」——的殷殷提醒，則尤可見凌拂對獼猴——「臺灣除了人類以外，唯一的靈長類動物」——溫暖體貼的善意與情感。

全文堪稱一章迷你之田野觀察，邀讀者共同思考臺灣獼猴現有生存處境，恰與劉克襄〈石虎是我們的龍貓〉一文中第二帖〈五隻獼猴的啓發〉，同屬作家對臺灣本土保育類野生動物的文學記述與誠摯關懷，兩文如能對照並觀，當有更深之體會。

猴群

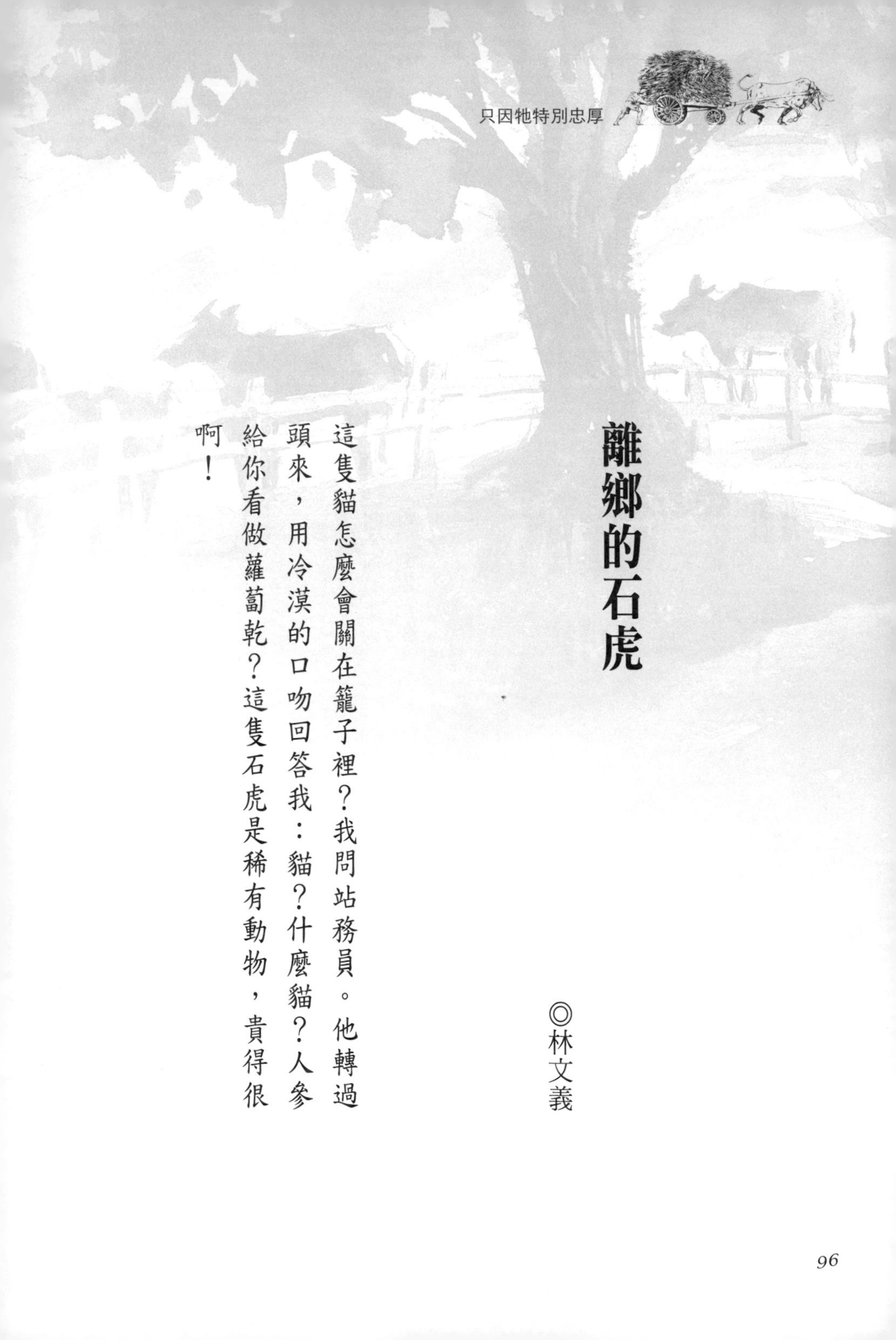

離鄉的石虎

◎林文義

這隻貓怎麼會關在籠子裡？我問站務員。他轉過頭來，用冷漠的口吻回答我：貓？什麼貓？人參給你看做蘿蔔乾？這隻石虎是稀有動物，貴得很啊！

那是一個清清冷冷的冬晨，我路過本島西部一個規模很小的火車站；那算是相當偏僻的鐵路支線，車次很少，用來運送山脈深處砍伐下來的木材，或林班的伐木工人，要不然，就是零零星星的登山者，再來，大概就是屬於我這種，喜愛單獨行動的旅行人了。

我不是候車，只是小車站那種日據時期古老而典雅的木造建築深深的吸引了我。候車室裡也冷冷清清，兩個臉頰上還刺著黥紋的山地老婦坐在長椅上候車，除了交談（我聽不懂她們的語言），她們還嚼著檳榔。那種五公斤洗衣粉的袋子剛好成為她們的行囊，我看到敞開的袋口露出一方花布，還有一些日常用品，她們大概是下山，到城鎮去採購吧？我還看到她們身旁倚著一打用紅色塑膠繩綑得很堅牢的紅標米酒，還有兩三條香菸。

站務員站在分道盤旁邊刷牙，牙膏泡沫弄得一嘴都是，還可以清晰的聽到他嘩啦啦的漱口聲。然後我看到他匆匆忙忙的跑進來聽電話，又跑出去，站在鐵道旁邊，似乎等待些什麼。那兩個候車的山地老婦警覺的挺直了腰桿，較瘦的那個拖著塑膠拖鞋，劈里啪拉的跑出去看，果然拉著長長的汽笛聲從遠方傳來了，還有那種蒸汽老火車頭特有的巨大喘息……是一班從山脈深處開下來的貨車，前兩節車廂是裝人，還有一些山裡的農產品，後頭十幾節都是運木材的平臺車；他們從車上卸下了好幾只鐵線籠子，然後堆置在剪票口旁邊。那個拖著塑膠拖鞋的山地老婦邁著頹喪的慢步子回來，她們似乎就是在等待上山的班車，她哩嚕哩嚕的埋怨著，我一句話也聽不懂。

列車走了，站務員舉起拿著票剪的右手，向著機車頭的駕駛員揮手，然後躬下身子，仔細端詳著那十多只鐵線籠子，並且扮著滑稽的鬼臉，逗弄著籠子裡的動物。我聽到吱吱的尖叫，十分淒厲的，走過去一看，原來是兩隻臺灣獼猴正在搶一根胡蘿蔔；牠們互不相讓，彼此搥打、撕扯著，並且齜牙咧嘴。狹窄的籠子裡，牠們的爭執也導致了對自己身體的傷害，一轉身，閃躲，就結結實實的碰撞在籠子那尖銳而堅硬的鐵線上。一會兒，這兩隻猴子似乎是累了，睜著大眼睛看籠外的人類，那眼神竟然是那麼無辜並且充滿祈求的，牠們要什麼？食物？或自由？

另外幾只籠子裡分別裝著羌、山豬、穿山甲、果子狸、飛鼠……一個狹小的籠子裡靜靜躺著一隻毛鬃零亂的野獸，我起先以為是一隻貓，但體形又比家貓要來得龐大，頭額上有黑色的斑紋一直延續到背部……牠本來是趴著，看到站務員及我走近籠子，牠猛然站起身來，開始憤怒的咆哮，上顎兩枚異於家貓的大犬牙，竟然是沾滿血跡的。站務員用剪票器敲打著籠子，似乎故意要激怒牠，牠縮到籠子的角落，喉間發出低低的吼叫聲，像是憤怒，又像是哀啼……我仔細端詳著，這才發現，牠的四肢都布滿著傷痕，甚至於毛鬃間也凝著血塊。

這隻貓怎麼會關在籠子裡？我順口問站務員。那傢伙轉過頭來，用著冷漠的口吻回答我：貓？什麼貓？人參給你看做蘿蔔乾？這隻石虎是稀有動物，貴得很啊！石虎？我驀然想起北島的動物園裡，那隻關在狹窄而緊密的鐵籠裡，垂頭喪氣的「貓」，上面的說明牌寫著：石虎，臺灣特產……我也想起省立博物館二樓櫥窗裡，被做成標本，乾癟癟的一隻像「貓」般的動物，標籤上寫著的名字是：雲豹。據說，石虎和雲豹都快要絕跡了。

而這些鐵籠裡的動物運送下山，牠們的命運是可想而知的，冬天進補，羌、山豬、果子狸……都逃不過誅殺的命運，而這隻石虎，石虎也可以殺來進補嗎？我向站務員問。他十分權威的回答我：石虎不是用來進補的，牠可以做標本，日本人最喜歡了。他興高采烈的說，一面繼續用剪票器用力敲打著籠子，那聲音十分刺耳，籠裡的石虎不安的縮成一團，忽然牠猛烈的伸出兩隻前爪，沾滿血跡的，是石虎自己弄傷自己以後，流下的血結疤，卻又在下一次猛烈抓扯籠子時，繼續扯裂已經結疤的傷口……幾近瘋狂的用嘴、用爪子猛力啃抓著堅固無比的籠子，受傷的還是牠自己！我看了心中一陣抽緊了。

牠想要抓破籠子逃呢。站務員幸災樂禍的說。

石虎的鮮血又在啃咬、抓扯中汩汩的流了出來，沾在籠子的鐵線間，紅豔豔的。牠的動作一直延續進行著，而傷害的，還是牠自己，牠根本無法逃出這緊密的禁錮。弄得一身是傷之後，石虎似乎全然絕望了，牠開始吼叫了，那種聲音淒厲而悲涼，那雙眼睛，眨也不眨的，竟然是望向山脈的方向，喉間抽搐著發出低沉而間斷的吼聲……

我清楚的看到，牠兩隻前腳怒張的爪子斷裂了兩根，血從爪縫裡慢慢的流出來。牠揚起頭來，我終於可以很清楚的看到那一雙煥發著金黃色異彩的眼睛，貓科動物特有的，在幽深、黑暗的夜裡，會反射出鬼魅般翠綠色的眼睛。而此時，牠竟然是充滿著一種淒厲、驚惶，對於生命的無助與絕望的深沉憂傷。牠頹然的低下頭去，用著舌頭，慢慢舐著身上與腳爪間的傷口，那麼無助而憂傷。

牠應該是在山脈的原始叢林裡生存的，用矯健而動作優美的姿勢捕食、求偶，並且延續石虎的下一代。而人類從數百年前就開始獵殺牠們，為了把牠們的毛皮變成人類得以禦寒的冬衣。人類，自命為萬物之靈的人類，除了捕殺比自己更為無力的動物之外，人類在整個生命的循環演化中貢獻了什麼？甚至人類時時相互謀殺、陷害……

一部貨車把這些裝著動物的籠子都運走了。站務員笑著說，牠們要在城鎮裡的山產店裡待價而沽。又有一班車進站了，是要上山的，那兩個山地老婦人匆匆忙忙的跳上車去，這才發現，她們的確是帶了好多貨物。站務員又慢慢踱回他的辦公室，隔著窗子，我看到他取出茶葉及熱水瓶在沖茶，然後取下制帽，坐下來讀報紙。

而在我往後的旅途中，竟然常常想起那些關在籠子裡的動物，尤

其是那隻稀有的石虎，猛烈抓扯、啃咬籠子，最後頹然的神情。牠一定很想扯開籠子，逃回叢林裡去，牠是不肯離鄉的。而我從來不曾見過那種眼神！淒厲、驚惶，對於生命充滿著無助、絕望的深沉憂傷……

——選自《寂靜的航道》，九歌出版社

作者簡介

林文義（1953～　），臺北市人，曾任《自立晚報》副刊主編、廣播與電視節目主持人、時政評論員，現專業寫作。曾獲《中國時報》文學獎、金鼎獎、臺灣文學獎散文金典獎、吳三連文學獎等。著有散文集《寂靜的航道》、《最美的是霧》、《夜梟》、《歡愛》、《邊境之書》、《歲時紀》、《遺事八帖》、《三十年半人馬》，短篇小說《鮭魚的故鄉》、《革命家的夜間生活》，長篇小說《北風之南》、《藍眼睛》，詩集《旅人與戀人》、《顏色的抵抗》等。

慢讀與深思

林文義〈離鄉的石虎〉和劉克襄〈石虎是我們的龍貓〉二文，均為作家關心臺灣本土保育類動物的作品。不過，這兩篇文章雖都以石虎為主題，但林文義作品寫於一九八四，劉克襄作品寫於二〇一四，創作時間相隔三十年，且兩文敘事角度、內容風格截然不同，似難相提並論。

但也正因書寫面向有異，一感性敘事，一知性說理，透過彼此互補的差異性，適足以使我們對石虎此一珍稀的臺灣原生動物，在過去所曾受到的傷害、現在正面臨的困境，以及當下我們如何彌補昔日錯誤，讓石虎能在未來永續生存，有基礎的認知，故兩文宜於並觀。

以寫實為主，林文義〈離鄉的石虎〉一文，主要敘述其在臺灣西部偏遠地區某鐵路支線火車站所見。當老式蒸氣火車以令人懷舊之姿駛抵月臺，除搭運乘客外，其主要任務乃是將十幾節平臺車的深山木材，和十餘個裝著臺灣獼猴、山羌、野豬、穿山甲、果子狸、飛鼠、石虎等野生動物的鐵籠，運送至既定目的地。至於鐵籠內，後續將運送下山供人進補、做標本的動物，「都逃不過誅殺的命運」。

被捕獲的山林動物中，林文義特別聚焦石虎來寫，一方面因酷似家貓的石虎，令他想起其瀕臨絕種的危機；另方面則因籠中石虎雖遍體鱗傷，卻仍倔悍不屈，困獸猶鬥，不斷奮力啃咬鐵籠，企圖重返山林。而當牠終絕望發出淒厲無助的悲鳴時——

「那雙眼睛，眨也不眨的，竟然是望向山脈的方向」！

至此，文章標題「離鄉」二字，格外令人思之惻然，便在其正點明了石虎的悲哀，在於牠堅不肯離鄉而終被迫離鄉，以及離鄉後所將面臨的悲慘不測之命運！

全文以一枝感性又不失客觀之筆，具體而微呈現了早期臺灣野生動物遭獵捕與剝削的實況。在學者專家推估，臺灣石虎目前約僅餘三百至

五百隻的情況下，此一呈現石虎受難的紀實之作，適足以引發我們對此嚴肅議題的正視與思考。但願，經由保育意識的覺醒，今後，石虎不但不再痛苦離鄉，且都能自由出入屬於牠們的家園——

雲霧繚繞、碧綠終年的臺灣森林。

離鄉的石虎

咬舌自盡的狗

◎林清玄

他把狼狗厚葬，時常去燒香祭拜，也難以消除內心的愧悔，所以他發願，要常對養狗的人講這個故事……

有一次，帶家裡的狗看醫生，坐上一輛計程車。

由於狗咳嗽得很厲害，吸引了司機的注意，反身問我：「狗感冒了嗎？」

「是呀！從昨晚就咳個不停。」我說。

司機突然長嘆一聲：「唉！咳得和人一模一樣呀！」

話匣子一打開，司機說了一個養狗的痛苦經驗：

很多年前，他養了一條大狼狗，長得太大了，食量非常驚人，加上吠聲奇大，吵得人不能安寧，有一天覺得負擔太重，不想養了。

他把狼狗放在布袋裡，載出去放生，為了怕牠跑回家，特地開車開了一百多公里，放到中部的深山。

放了狗，他加速逃回家，狼狗在後面追了幾公里就消失了。

經過一個星期，一天半夜聽到有人用力敲門，開門一看，原來是那隻大狼狗回來了，形容枯槁，極為狼狽，顯然是經過長時間的奔跑和尋找。

計程車司機雖然十分訝異，但是他二話不說，又從家裡拿出布袋，把狼狗裝入布袋，再次帶去放生，這一次，他從北宜公路狂奔到宜蘭，一路聽到狼狗低聲號哭的聲音。

到宜蘭山區，把布袋打開，發現滿布袋都是血，血，還繼續從狼狗的嘴角流溢出來。他把狗嘴拉開，發現狼狗的舌頭斷成兩截。

原來，狼狗咬舌自盡了。

司機說完這個故事，車裡陷入極深的靜默，我從照後鏡裡看到司機那通紅的眼睛。

經過一會兒，他才說：「我每次看到別人的狗，都會想到我那一隻咬舌自盡的狗，這件事會使我痛苦一輩子，我真不是人呀！我比一隻狗還不如呀！」

聽著司機的故事，我眼前浮現那隻狼狗在原野、在高山、在城鎮、在荒郊奔馳的景象，牠為了回家尋找主人，奔跑百里，不知經歷過多麼大的痛苦，好不容易回到家門，主人不但不開門，連一句安慰的話也沒有，立刻被送去拋棄，對一隻有志氣有感情的狗是多麼大的打擊呀！

與其再度被無情無義的人拋棄，不如自求解脫。

司機說，他把狼狗厚葬，時常去燒香祭拜，也難以消除內心的愧悔，所以他發願，要常對養狗的人講這個故事，勸大家要愛家中的狗，希望這可以消去他的一些罪業……

唉！在人世間有情有義的人受到無情的背棄不也是這樣嗎？

——選自《走向光明的所在》，圓神出版社

作者簡介

林清玄（1953～　），高雄旗山人，世界新專（今世新大學）電影技術科畢業，曾任《中國時報》編輯及記者、《時報雜誌》主編等，現專業寫作。曾獲《中國時報》文學獎、中山文藝獎、吳三連文學獎、國家文藝獎等。著有《在蒼茫中點燈》、《歡喜心過生活》、《走向光明的所在》、《打開心內的門窗》、《茶味禪心》、《為君葉葉起清風》、《常想一二，不思八九》與「菩提系列十書」等。

慢讀與深思

林清玄〈咬舌自盡的狗〉，敘述了一個匪夷所思的真實故事——一隻有感情、高智商、寧死不願離開主人的大狼狗，在被主人遺棄後，重返家園，因再度面臨被棄之命運，於是，狼狗選擇以尊嚴、自主的方式，向主人明志，並向這容不下牠的世界告別！

此一極富傳奇色彩的故事，由林清玄偶遇的計程車司機所口述。心懷愧疚的司機坦言，此事令他深感痛苦，故當年除將「烈」犬厚葬、時常燒香祭拜外，更發願此後「要常對養狗的人講這個故事」，希望悲劇不會再次發生。

文中，林清玄既透過自家愛犬咳嗽不止，以及，狼狗堅定不屈，充滿強烈自主性，簡直「和人一模一樣」的書寫，說明了狗其實與人一樣，有著獨立的情感意志之外；同時，也藉由計程車司機的棄養事例，點出了現代人在豢養寵物過程中，所可能產生的變數與可能面臨的困境。

簡言之，計程車司機其實亦是愛狗之輩，但因狗其後「長得太大」，食量驚人，兼以吠聲嚴重破壞安寧，令人不堪其擾，束手無策之際，乃萌生棄養念頭。

在看似無解的情況下，此一無奈的故事，實亦不免引發我們由作品本身，延伸出如下的思考與聯想——

當照顧寵物開始超出經濟、精神負擔時，飼主除棄養外，是否還可尋求其他更好的處置方式？例如：另覓合適飼主，或透過動物收容之家、動保團體和其他管道尋求協助？畢竟，棄養是不人道的。

其次，豢養寵物是一生的承諾、重大的責任，若帶牠們回家前，對此有足夠成熟的認知與心理準備，是否，文中所述棄養行為與悲劇，便不致發生？

唉，一隻咬舌自盡的狗，以牠的鮮明個性、強烈痛苦、堅定意志、悲傷情感，究竟，向這個人類世界，抗議、宣告、訴說了什麼呢？

去感受計程車司機無可彌補的遺憾，和狼狗鮮血淋漓的哀傷絕望，正是我們懷沉痛閱讀此文，所必須用心體會、感知的重點。

咬舌自盡的狗

紫花浩劫（三帖）

◎陳幸蕙

美麗紫花的溫柔搖曳啊，其實是自然浩劫的變相，告訴我們——找不到食物的北極熊，正面臨有史以來最嚴峻的生存考驗。

（一）紫花浩劫

我看見一隻可愛的北極熊，在浩瀚無際的紫色花海中漫步。

那芬芳遍地、色彩洶湧的壯麗場景，正是攝影家夢寐以求的捕捉對象。但按下快門的瞬間，即使不是含淚，我相信，那德國攝影師的心情也是無比沉重的。

這是加拿大哈德遜灣的北極熊棲息地。上世紀，這裡曾是厚雪覆蓋的萬里冰原，白，是它唯一的顏色。

而白皚皚春天裡，當伸著懶腰的北極熊，從冬眠洞穴中走出，這堅實永凍的大地，是牠們生活、嬉戲、繁衍與食物不虞匱乏的家園。

但如今，這春日北極熊卻被迫在陌生花海中踽踽獨行。從照片裡，我看見牠一臉茫然，不能明白為何往日那熟悉的銀白與冰寒，不

復存在？

一張照片，不再是一幀得意的攝影傑作，卻是一支傷心的生態哀歌。

數大不是美，卻是暖化噩夢的真實呈現。

美麗紫花的溫柔搖曳啊，其實是自然浩劫的變相，告訴我們——找不到食物的北極熊，正面臨有史以來最嚴峻的生存考驗。

那考驗，也會落在人類身上嗎？

因為科學家如此定義：「地球暖化，就是我們正在慢慢熱死自己！」

……

啊，紫花浩劫當前，我懷念北極熊懷念的冰與白。

（二）神豬的悲劇

陪朋友到廟裡燒香。

看見供桌上敬神祈福的麵線神龜、糯米神龜時，我想起了神豬。體重直逼兩千臺斤的神豬，據說都很「幸福」，因為牠們夏日吹冷氣、天天聽古典音樂、有專人按摩——從飼主觀點看——「好康」多多，非常享受。

但如從豬角度想，卻是極不人道的虐養過程了——被關在狹小籠檻內限制行動，強迫灌食，沒有維持正常體態的自由；活著，只為讓軀體極度膨脹、體重極度飆升，許多豬因骨骼無法承受自身重量與內臟變形，終至暴斃！

而當比賽時刻來臨，鉅肥癱瘓、無法站立的大豬公被抬到賽場，

為「很有面子」的飼主贏得風光的金牌後，當即活生生割喉放血。然後，黑毛剃成帶狀的豬之屠體，被攤在鑲嵌五彩燈泡的電子花車上，耳掛銅錢、緞帶，頭飾金花、流蘇，滴血的嘴裡啣一只鳳梨或金桔，格外顯得俗豔、殘忍且野蠻！

雖然，全臺廟宇祈福感恩活動與客家義民祭，常以神豬血祭為盛事。但，以垂死痛苦的畸形豬獻予神明，能傳達什麼宗教虔誠、保什麼平安呢？

能不能，以同樣傳達誠意，卻不必血腥殺戮的麵線神豬、糯米神豬、素神豬等創意神豬，取代血神豬，另創神豬新文化？

我由衷企盼，神豬的悲劇，成為歷史！

（三）夏威夷的人氣料理

一直很難忘記那心地善良的女孩。

尤難忘記她以慧心巧手烹調的鮮蔬小品「春雨花園」。這道小品佳餚靈感，來自女孩在電視上所見「傳統高檔美食」節目中的烹飪介紹——

以魚翅為主角，搭配鮑魚、土雞、干貝、蹄筋、火腿、竹笙、枸杞、人參等，小火慢燉八小時，讓魚翅飽吸諸物精華，彷若瑩亮的密齒髮梳後，再大朵大朵鋪排於描花瓷盤中，號稱「益氣補虛極品」。

魚翅，其實便是鯊魚的鰭。

而就在「傳統高檔美食」播出前不久，女孩方從報上看到一張香港漁民曝晒鯊鰭的照片。那密密麻麻如恆河沙數般鋪天蓋地、觸目皆

鰭的景觀，甚是駭人！那則報導並且引述聯合國統計說，因華人愛吃魚翅，市場需求廣大，全球每年捕殺上億，已導致鯊魚數量驟減，成為瀕絕物種。

由於女孩曾聽說，獵鯊者取翅，都是捕捉活鯊、割下鰭翼，把血淋淋殘鯊丟回海中，任牠們痛苦死亡，而大量捕鯊，衝擊海洋生態，已導致某些國家和地區，例如夏威夷，開始全面禁止魚翅，所以——

「高檔美食的背後，一點也不高檔、美麗好不好！」

女孩很不以為然，且明白表示傳統進補文化裡，很多殘忍不合時宜的做法都該修正、拋棄了。

「其實，魚翅營養從別的食物也可以得到啊！倒是我聽說因為工業廢水汙染，在海洋生物鏈頂端的鯊魚含重金屬水銀，吃魚翅反有害健康哩！」

我很驚訝女孩對這課題了解竟如此深入！而她大概也真希望能改良「傳統高檔美食」，不願落入「只會批評，沒有實際行動」之譏吧！

於是，手巧心細的她嘗試以形貌、口感近似魚翅的粉絲，搭配切細的豆皮、馬鈴薯等略加調味，並撒上橙、紅、黃、綠彩椒粒和青花菜、紫山藥碎屑，做了道營養與視覺美感兼具的佳餚，取名「春雨花園」——

「因為日文『粉絲』的漢字寫成『春

魚翅即鯊魚的鰭，大量捕鯊，已導致鯊魚數量驟減，成為瀕絕物種。（攝影／陳幸蕙）

雨』，我滿喜歡春雨這意象的！」

女孩解釋，且幽默地對我說：

「如果在夏威夷，這會成為人氣料理喔！」

「一定的！」

我也熱情附和。

這已是兩年前的往事了。

如今女孩在英國劍橋大學求學，我想，我懷念她，不是沒有道理的。

因為透過「春雨花園」，我不僅看見一顆青春美麗的心，更看見年輕世代，在人道思維、環境生態和傳統文化的考量取捨中，所做溫暖動人的選擇！

後記：夏威夷州政府自二〇一〇年七月立法禁止魚翅。這是美國第一個全面禁止魚翅的州，違者最高可處一萬五千美金罰鍰並坐牢。

——選自《玫瑰密碼》，文經社；《海水是甜的》，九歌出版社

作者簡介

陳幸蕙（1953～　），祖籍湖北漢口，生於臺中清水，臺大中文碩士，曾任教職，現專業寫作。曾獲《中國時報》文學獎、中山文藝獎、梁實秋文學獎等，作品選入國小、國中、大學國文課本。著有《把愛還諸天地》、《與玉山有約》、《玫瑰密碼——陳幸蕙的微散文》、《海水是甜的》、《悅讀余光中／詩卷．散文卷．遊記文學卷》，並編撰《小詩森林》、《小詩星河》、《余光中幽默詩選》、《我只想回到自己的家》等。

慢讀與深思

陳幸蕙〈紫花浩劫（三帖）〉，包含三則短文。

第一帖〈紫花浩劫〉，從一幀德國攝影師所拍北極照片說起。照片中的北極熊正在「浩瀚無涯的紫色花海中漫步」。紫色花海雖美，但卻是氣候異常、地球暖化的寫照，令北極熊找不到食物，面臨嚴峻的生存考驗，故作者以「浩劫」和「傷心的生態哀歌」稱之。文末，「懷念北極熊懷念的冰與白」句，與本書所選余光中詩〈冰姑，雪姨〉之副標，同樣出以「懷念」二字，則可見作家對北極不復往日「萬里冰原」面貌之嘆惋與憂思。

〈神豬的悲劇〉則論及臺灣以「神豬血祭」表達宗教虔誠的傳統習俗。由於神豬飼養過程、屠宰方式，乃至後續處理做法均殘忍血腥，不文明、不人道，因此，作者一方面質疑，如此何能傳達誠意？另方面則

建議推廣不必血腥殺戮的創意神豬，「另創神豬新文化」，讓神豬悲劇成為歷史。

至於〈夏威夷的人氣料理〉，更從美食觀點出發，轉至華人魚翅文化，既指出濫捕狂吃的做法，「導致鯊魚數量驟減，成為瀕絕物種」，嚴重衝擊海洋生態，復陳述獵鯊取翅過程殘酷。全文透過一心地善良的新世紀少女，將傳統魚翅料理，改良為不使用魚翅，但營養、美味、視覺效果更勝一籌的「春雨花園」之美好故事，呈現年輕世代「在人道思維、環境生態和傳統文化的考量取捨中，所做溫暖動人的選擇」！

三帖短文，內容題材不同，但對動保、生態關切情懷則一，而作者撰文動機，除書寫其所見所聞、所思所感，盼能克盡地球公民責任外，亦盼與讀者共勉、共同深思且共同努力以實際作為，讓人間、這個世界、受傷的地球，可以變得更可愛、更美好！

紫花浩劫（三帖）

石虎是我們的龍貓（二帖）

◎劉克襄

期待有朝一日，在白天的淺山森林，有驚鴻一瞥、看見石虎的機會，更期待石虎帶著小石虎被我們記錄。那才是我們留給後代的的臺灣。

（一）石虎是我們的龍貓

多年來，低海拔山區是臺灣開發破壞最嚴重的森林。不僅如此，我們對這一環境的動植物生態欠缺完整認識，很少以此作為生態保育題材。學童在成長過程中，對自然環境的喜愛，同樣無法產生深層的認同。四、五年級一輩對這一區域鄉野的緬懷，更難以影響下一代，建立共同的信念和價值。

很高興石虎的出現，讓我們有了一個新契機，認真地看待淺山美學，嚴肅地反省郊野跟城鎮的關係。

晚近石虎數量銳減，可能繼雲豹後滅絕，大家開始更細膩地關切，淺山所代表的意義，山腳旁邊的農田還有哪些動物？森林裡有什麼樣的常民小廟，梯田環境呈現何種土地倫理？還有不同區域環境的

淺山，到底有哪些特色？淺山的豐美如是隱隱約約，生活在裡面的主要物種也更加珍貴。石虎便是。牠像現實世界裡的龍貓，幫我們為淺山鑲嵌了一顆璀璨的寶石。

石虎的行跡隱密，更引發我們的好奇。石虎以前常見，意味著過去的環境很適合牠們。現在不易記錄，緣自於環境的大面積開發，才造成牠們的大量消失。當公路上偶有一、二隻被車輛意外輾斃，那不是告訴我們還有石虎，而是流露一個警訊，我們侵犯了牠們的生存權。反過來說，幾隻石虎的存在正巧告知，我們何其幸運，那兒還擁有一塊上百公頃以上蓊鬱完整的山林。

現今石虎的棲地，多為農耕或開墾地周遭，殘存的小面積次生林。這類環境最常遭致工廠開發和道路開拓，其族群遂有被切割，形成生殖隔離的危機。假若再僅剩二三十公頃時，幾隻竹雞和田鼠或能勉強來去。行動範圍開闊的石虎，絕無法在這樣狹小的空間如過往的活動自如，甚至繁衍後代。

發現石虎的蹤跡，真的是一種庇佑。那意味著，自然跟我們仍處於和諧的狀態。沒有石虎，山林彷彿被掏空心臟，靜寂地存在。同樣地，麝香貓和白鼻心亦然，牠們都是龍貓的家族成員，是近郊山區，可以跟我們對話的哺乳類動物。

目前，石虎話題最熱鬧的地點在三義。環保人士除了反對八公里外環道的興

我們的龍貓——石虎，臺灣現存唯一原生貓科動物，也是瀕臨絕種的一級保育類野生動物。（陳幸蕙攝自臺灣省立博物館）

建外，不少人還嘗試以各種文創藝術，宣揚石虎存在的意義。每次駐足，我也在思考，桃竹苗到處都是桐花，有些鄉鎮可以強調自己的特色，委實不缺它們來點綴。

三義便是。假若它的車站能以石虎為地標，搭配鎮上的火炎山教育中心，結合周遭淺山步道，這兒可以形成新的生態旅遊景點。一如琉球西表島的山貓，帶來觀光資源。

臺灣因緯度和多山，創造了多樣類型的淺山環境。常在北部健行的人皆知，一進入桃竹苗丘陵，彷彿抵達異國世界，到了中南部更是異想不到地景。除了木雕、桐花和舊鐵道，以石虎為核心，三義可以創造不俗的旅遊經濟產值。前些時，石虎米的出現就是很美麗、雅緻的包裝。

謝謝石虎如龍貓般，提醒我們個別淺山的美好內涵。我們也期待，有朝一日，更多人在白天的淺山森林有驚鴻一瞥的機會，更期待石虎帶著小石虎被我們記錄。那才是我們留給後代的的臺灣。

——選自「劉克襄部落格」，2014年9月23日

（二）五隻獼猴的啟發

前些日攀登半屏山，引領我的當地觀察者告知，最近該地發現一群獼猴，約有五隻左右。

以前半屏山即有獼猴的紀錄，但都是一隻個體。半屏山乃一孤島，離其最近的是兩公里外的壽山。壽山獼猴群晚近形成穩定的數量，約有一千三百多隻，有人認為已超出其環境的負荷。此外，壽山

獼猴經常下山擾民，更促發政府宣布開放撲殺的通令。惟此政策不夠周延，引發愛護動物人士的強烈反彈。

大家研判孤猴的出現，應該是被族群驅離，從壽山遷移過來的。可是一隻便罷，現在竟是一群。牠們如何遷移到此，便教人充滿美好的想像了。

我走在半屏山，思索著生物自尋出路的想像，或者說，由此角度觀看獼猴的問題時，好像也促發我反省獼猴跟人類之間的複雜關係。

壽山國家自然公園籌備處成立已有三、四年，其管轄範圍的一部分，涵蓋了半屏山和壽山，還有兩者之間的龜山。三座山雖各是孤島，卻距離不到一公里，形成高雄市由北到南的生態列島。尤其是龜山，緊緊包覆於左營舊城，雖說面積不過是二十多公頃的小山，卻居中聯絡著另外兩座。

以往談到此山，文人吟詩時常提及山上有猴群，當地人亦有猴群前往半屏山，在此過夜之說。因而此山合該是獼猴早年來去半屏山和壽山的中途點。後來因為城市發展過度快速，壽山獼猴族群被隔離。長期拘限於一地，可能有基因窄化之疑。半屏山則因水泥大量開採，根本無獼猴的紀錄。但現今停止了，這五隻成群的出現，彷彿帶來某些新可能。

除了獼猴棲地的未來，我也很關心這座城市的綠色休閒。一座綠化的城市，需要大步道的貫穿，我很期待未來，高雄能以此三山規劃，連結出城市的綠化肌理，詮釋南方的淺山保育美學。不僅遊客可以充分利用為休閒的路線，獼猴亦可能以此遷移族群，減緩壽山族群的過度龐大。當然此一樂觀想像，還需要更多專家的縝密評估和規劃。

再從獼猴的活動歷史來看，昔時獼猴活動的龜山，如今猴去樓空，未嘗不是人類開發過度，導致獼猴縮限於壽山的主因。如今所謂溢出，跑到半屏山，其實也只是追循老祖宗的路線，想要重返祖先棲息地。

不少贊成獼猴撲殺者，以擾民和果物損失慘重為由。或也當想想，其實是人類先破壞了其生存空間之因，才有此毀壞產業之果。難道在保育和撲殺之間，沒有其他妥協的空間？

關於獼猴帶來的晚近訊息，也不盡然都是負面的。前些時後有人發現，炎炎夏日時，樹林裡常有蛾類毛毛蟲大量爆發，困擾居民生活，反而是靠獼猴的大量撿食，才得以減少為害。兩年前，古坑鄉棋盤村農民，透過有機栽種，販售猴子也愛吃的柳丁。雖說柳丁賣相差，卻深受消費者歡迎，創造出獼猴與農民雙贏的局面。此外，最近有一防罩網的果樹保護，似乎能有效阻止獼猴狂亂地破壞，減少果農栽種的損失。

從這些訊息顯示，我們對獼猴的認識，還不是那麼地全面，好像還有其他防治辦法。一味地把大量獼猴侵襲果園當做負面的災害，不見得公允。全面仰賴撲殺，效果恐亦有限。如是了解獼猴之害，再多管齊下，從驅趕、結紮跟捕捉移除等方面分頭進行。人猴衝突，才能夠處理得更為包容和人性些。

——選自「劉克襄部落格」，2015年1月29日

作者簡介

劉克襄（1957～　），臺中烏日人，文化大學新聞系畢業，曾任《中國時報》人間副刊副主任、上善人文基金會董事長，現為中央通訊社董事長。曾獲《中國時報》文學獎、吳三連文學獎、臺中文學貢獻獎等。著有散文集《旅次札記》、《隨鳥走天涯》、《山黃麻家書》、《十五顆小行星》、《兩天半的麵店》，動物小說《風鳥皮諾查》、《座頭鯨赫連麼麼》，繪本《大樹之歌》、《不需要名字的水鳥》等。

慢讀與深思

雲豹、石虎都是臺灣原生種貓科動物，牠們是臺灣這塊土地上真正的「原住民」。但學者專家告訴我們，臺灣雲豹已多年未有正式野外發現紀錄，石虎也因低海拔淺山地區不斷開發，棲地遭破壞，被迫遷移，瀕臨滅絕。由於石虎是臺灣目前生態環境一大重要指標，它的存續，與我們密切相關，保護石虎便是保護大自然，因此值得高度關切。

劉克襄〈石虎是我們的龍貓〉一文，便是為石虎發聲、以關懷支持石虎保育和自然生態的作品。

全文先從石虎生存危機切入，強調問題嚴重性，並引宮崎駿卡通動漫電影中，眾所周知的森林精靈——龍貓多多洛（亦譯豆豆龍）——進行趣味聯想，創意十足地指出，石虎便是「我們的龍貓」，應予珍視寶愛；繼則以石虎現身山林，代表「自然跟我們仍處於和諧的狀態」，一方面引以為喜，另方面則寄望在石虎出沒棲息地區，如桃竹苗等地，能像日本沖繩西表島以山貓為號召那樣，結合在地自然、人文資源，發展以石虎為亮點的觀光特色，如「石虎米」等。結語則除感謝石虎如龍貓般，提醒了我們「淺山的美好內涵」外，更期待有朝一日，石虎能在安全無虞的環境中順利繁殖，且大石虎帶著小石虎於林間自在優游的景象，被學者專家所記錄，「那才是我們留給後代的臺灣」！

全文以石虎瀕絕危機始，以生活在這塊土地上的我們，應如何創造與石虎共存雙贏的正向思考終，極富建設性，值得深切省思外，更值得我們付出實際行動，去支持石虎保育。

本書所選劉克襄第二篇作品〈五隻獼猴的啓發〉，則是在「人猴衝突」頻傳的情況下，同樣以臺灣本土動物為主題，思考獼猴與人和諧並存、共創雙贏可能性的篇章。

恰如本書所選另一關切臺灣獼猴之作——凌拂〈猴群〉一文所述

——世上獨一無二的臺灣獼猴，於數萬年前來到臺灣，因冰河運動遭隔離後，便在我們這塊土地上落地生根——牠們不但是臺灣正港的「原住民」，更是臺灣除人類外，唯一的靈長類動物，寬鬆以言，也算是我們的「同類」。

但由於棲息活動範圍與人類居處接壤，又常出現偷盜作物、造成農民「果物損失慘重」等困擾（請參閱凌拂〈猴群〉一文），致形成政府宣布開放撲殺、動保人士強烈反彈的局面。劉克襄此文，便從此兩難局面著眼，既省思——

「難道在保育和撲殺之間，沒有其他妥協的空間？」

復以高雄壽山自然國家公園為例，就公園內壽山、龜山、半屏山上，臺灣獼猴過去的遷移軌跡、生存歷史等，建議在解決人猴衝突的課題上，出以更富包容性、更人性化的做法，並提出綠化休閒、連通三山步道的樂觀想像。

全文和〈石虎是我們的龍貓〉一樣，都是就我們侵犯了原生動物「生存權」所衍生的保育課題，進行人道關懷與思考，同樣也值得生活在這塊土地上的我們，深入省思，付出關懷。

石虎是我們的龍貓（二帖）

塑膠海豚玩具

◎廖鴻基

曾經解剖過一隻生病擱淺的瓶鼻海豚，牠的前胃腫脹得像一顆大南瓜。……解剖後，發現因誤食塑膠袋，塑膠袋塞住前胃，牠沒辦法進食，所以活活餓死；牠死前一定受了很多苦。

玩具店裡，一位媽媽幫小朋友買了一隻塑膠海豚玩具，店員將那隻海豚裝進一只白色塑膠袋裡；塑膠袋上印著醒目的店名、地址、電話號碼；店員俯身親切地將袋子交給小朋友。

看著店員、媽媽和小朋友幸福溫馨的微笑，讓我想起了海上一則遭遇。

今年年初，尋鯨小組（編注1）在花蓮海域遇見一群花紋海豚（編注2），當工作船緩緩趨近，發現是一群老朋友。我們已十數次在同一海域和這群花紋海豚相遇。

我們吹響了口哨，沒絲毫遲疑，花紋海豚們緩緩接近工作船。口哨是我們和海洋老朋友間相約相認的信號。三、四百公斤體重、三至四公尺體長，身上白蒼蒼刮痕，動作溫吞緩慢，這是一群外觀並不賞

編注

1.尋鯨小組：全名「臺灣尋鯨小組」，是一九九六年廖鴻基所發起籌組的民間團體，成員包括學者、漁民、影像工作者和文字工作者，在臺灣東部海域從事海洋生態和鯨類觀察、研究。

2.花紋海豚：又名瑞氏海豚，屬珍貴稀有保護類海洋生物，臺灣地區主要分布於臺東、墾丁、蘭嶼海域，為臺灣民間賞鯨活動主要觀賞種類之一。

心悅目但和我們有過真情相待的老朋友們。

這天接觸，我感覺到牠們似乎有點急躁不安。牠們從船頭斜進來，旋即偏閃弧轉離開，在舷外繞個大圈子後又回來船頭。憑老朋友間的默契和直覺，牠們似乎有話要說。

「一、二、三、四……咦，干吶減一隻？」船長計數牠們。

一隻在左舷側緩緩挺立將頭顱冒出海面，側眼和我們相看，幾乎有十數秒之久，才又垂直緩緩縮回水裡。對望期間，我彷彿看見牠眼裡的悽愴。另一隻挺尾使勁拍打水面，白花濺散，好似在憤恨發洩。當時已是黃昏時刻，夕陽暈黃了海面，水色摻揉了些迷離，牠們今天的行為不同於以往的接觸經驗。

不知道為什麼，我感到有些哀傷。

我們都停止拍照，想知道發生了什麼事。工作船緩緩前行，牠們在船頭反覆著離去、接近，又轉身離去的動作。這時，多麼想擁有所羅門王的戒指（編注3），多麼想立刻問牠們：「怎麼了？我的朋友。」

船長先發現了：「受傷ㄟ，那隻受傷。」

順船長抬起的指尖看去，是一隻游在船側的蒼白海豚，牠尾鰭部位露出大塊紅斑。

看來像是受創糜爛的傷口。

水影閃爍，我們發現，傷口似在漂動。

牠隨即左翻泳去，身手俐落不像是個傷患。

牠的紅斑傷口竟然漂著、漂著，好像給甩脫般，竟然被甩在牠的

編注　3.所羅門王的戒指：是動物行為學大師勞倫茲作品。勞倫茲為奧地利生物學家，一九七三年諾貝爾生理醫學獎得主。《所羅門王的戒指》一書，取「所羅門王擁有魔戒，能和鳥獸蟲魚交談」之傳奇典故為書名，對動物的感情世界、動物行為及其心理，有獨到的詮釋見解。全書文筆生動，淺近風趣，是大眾化的動物行為學經典。

尾鰭後面。

「脫落了，脫落了，傷口脫落了。」船長喊著說。

不盡合理，但那塊紅斑傷口確實脫離了海豚尾鰭，並且輕飄飄旋轉著浮到水面上來。

船長左舵迴轉，趨近那塊漂浮在水面的傷口紅斑。

真好笑，那傷口竟然是一只塑膠袋。

紅白條紋那種塑膠袋，我們岸上到處用得到、看得到的紅白兩色塑膠背心袋。

「也好，脫落了就好，大概是被塑膠袋纏住尾鰭而來求助。」鬆了口氣，我們都這樣以為，心裡想：「也幸好不是受傷。」

然而，擺脫塑膠袋糾纏後，這群花紋老朋友們照樣動作異常，離離聚聚，躁急不安，好像仍然有話要說。

我們走著、跟著，工作船也不安地被帶領著接近一道海流交界線。

這裡可多了，花花綠綠形形色色的塑膠袋，或潛伏或漂浮，像一處塑膠袋垃圾場。這群海豚和我們船隻，彷彿被大量漂散的塑膠袋給包圍了。

這情形其實不值得大驚小怪，行船在臺灣沿海，幾乎每天都能遇上好幾回。還有瓶瓶罐罐、保麗龍盒子……岸上垃圾堆裡有什麼，這海域裡幾乎就不缺少什麼。

想起曾經和一位國外鯨豚研究者一起出海尋鯨，也碰到了同等規模的海上垃圾堆，他說：「在我們那裡，船隻若是碰到塑膠袋，船主會停船將塑膠袋撈上來。」但他嚥了一下口水繼續說：「我們那裡漂在海上的塑膠袋很少，當然，這裡這麼多，不大可能這樣做。」

我想，如果將領海當成自己領土、自己家園看待，也許我們就會在意漂流塑膠袋問題。

那位國外鯨豚研究者進一步解釋說：「曾經解剖過一隻生病擱淺的瓶鼻海豚（編注4），牠的前胃腫脹得像一顆大南瓜，主胃和幽門胃則是消癟空無一物；解剖後，發現前胃塞了一只黑色大塑膠袋，像毛巾擰轉成曲捲條狀，臭油味、腐敗味很濃，胃壁原有的皺摺全被塑膠袋撐脹消失了，胃壁呈糜爛的死白色；相當清楚，這隻瓶鼻海豚因為誤食塑膠袋，讓塑膠袋塞住前胃，牠沒辦法進食，所以活活餓死；牠死前一定受了很多苦。」

編注 4.瓶鼻海豚：又稱寬吻海豚，是海洋公園、水族館等常用來表演及研究的海豚種類。一般而言，海豚性格友善活潑、富好奇心，喜歡跟隨船隻，成員間彼此眷戀性很強，若某一海豚受傷，同伴會圍聚在旁，不離不棄。

不止海洋哺乳動物，我也聽過魚類、海鳥們相同的遭遇：誤食塑膠袋而死。

塑膠袋漂在海水裡，受水浪擺動，常被誤認為是水母或魷魚。我在海上捕魚那些年，也常被塑膠袋作弄，誤以為是水面下的一片魚體。

有次出海尋鯨，一群瓶鼻海豚在船頭前熱鬧穿梭，帶領著船隻前行，其中一隻忽然轉向，用喙尖去頂撞了一下漂浮在船側海面的一片小塑膠袋。瓶鼻海豚喜感十足，牠唐突的這個動作，很容易讓人以為牠活潑貪玩。

事後愈想愈不對，尤其當我聽到了牠們胃裡曾經起出一只大塑膠袋的事後，牠們去頂撞塑膠袋，或許不會純然只是遊戲。

後來聽說有隻擱淺死亡的海豚胃裡，發現有一只印著店名、地址的塑膠袋，還是國內一家頗有名氣的食品公司。

多大的諷刺，食品廣告做到海上，而且做到海豚的胃裡去了。

花紋海豚領著工作船來到這片滿布漂流塑膠袋海域後，速度慢了下來，我心想：難道牠們被這堆塑膠垃圾所吸引？

花紋海豚主食魷魚、烏賊，塑膠袋極易被牠們誤食，為何牠們帶工作船來到這片危險海域？

一只白色塑膠袋慢慢晃過船前，像一小片白雲飄過。一隻花紋海豚銜著這只塑膠袋游過來了。

塑膠袋從牠嘴邊漂過，隨後，牠用胸鰭勾住這只塑膠袋，像是帶住一囊白雲在牠身側。

牠往前游一陣子後，塑膠袋脫落了，白雲漂向牠的尾後，牠抬起尾鰭，顯然是故意的，牠用尾鰭再次勾住這片白色塑膠袋，像托著一朵白雲前行。

一陣子後又脫落了。

這頭花紋海豚急轉回頭，在船邊迴個彎，回頭又用胸鰭掛住這朵白雲。

我寧願相信，牠們是將塑膠袋當作玩具把玩。

但是，憑老朋友的默契和直覺，我曉得牠們在訴怨，牠們在抗議。

——選自《來自深海》，晨星出版社

作者簡介

廖鴻基（1957～　），花蓮縣人，海洋文學作家，曾任海洋生物博物館駐館作家、東華大學駐校作家、海洋大學駐校作家、東華大學兼任教師等，並籌創「尋鯨小組」、「黑潮海洋文教基金會」，長期關懷臺灣海洋環境、生態和文化。曾獲《中國時報》文學獎、吳濁流文學獎、賴和文學獎、巫永福文學獎等。著有散文集《討海人》、《鯨生鯨世》、《漂流監獄》、《來自深海》、《海洋遊俠——台灣尾的鯨豚》、《尋找一座島嶼》、《飛魚·百合》、《大島小島》等。

慢讀與深思

廖鴻基〈塑膠海豚玩具〉從一極普通的日常生活事件寫起——一位媽媽為孩子買了玩具，玩具是一隻塑膠海豚，當店員將玩具放進塑膠袋，交給小孩，母子二人與店員都同時露出了幸福的微笑。

對此平凡無奇的場景畫面，一般人可能視而不見，全然無感；但廖鴻基不但高度有感，且因此引發他對海豚和海洋汙染議題的慨嘆。

簡言之，由海豚、塑膠袋產生聯想，廖鴻基憶起某次與「尋鯨小組」成員，搭工作船出海，在花蓮海域與一群海豚重逢相聚的過程。廖鴻基以「老朋友」暱稱這群海豚，因為曾與牠們在海上相遇過十數次，且彼此「真情相待」。但此次接觸，海豚卻顯出異於以往的行為和情緒——眼神悽愴、急躁不安、動作異常外，更帶領工作船前往一處飄浮著無數塑膠垃圾的危險海域，且一再以胸鰭、尾鰭勾住塑膠袋，在船身周圍，似乎樂此不疲地迴轉浮游。但憑著「老朋友的默契和直覺」，廖鴻基知道，這不是快樂的遊戲，而是聰明的海豚，引他們前來這龐大的海上垃圾場，向他們「訴怨」、「抗議」人類對牠們賴以生存的家園，所造成的嚴重汙染。

全文從一件兒童玩具切入，直指人類以塑膠袋汙染海洋、成為海洋生物致命殺手的嚴肅議題，並以臺灣海域充斥塑膠、玻璃瓶、保麗龍等垃圾的現況，點出問題嚴重性與亟待解決的迫切性，看似不動聲色，實則語重心長，充滿惻隱之心與危機意識，是涵蓋動物保護和生態關懷兩大面向的海洋文學作品，值得再三品讀之外，更值得我們藉以省思——如何以個人行動，去扭轉、改善塑膠垃圾汙染這個世界的課題。

塑膠海豚玩具

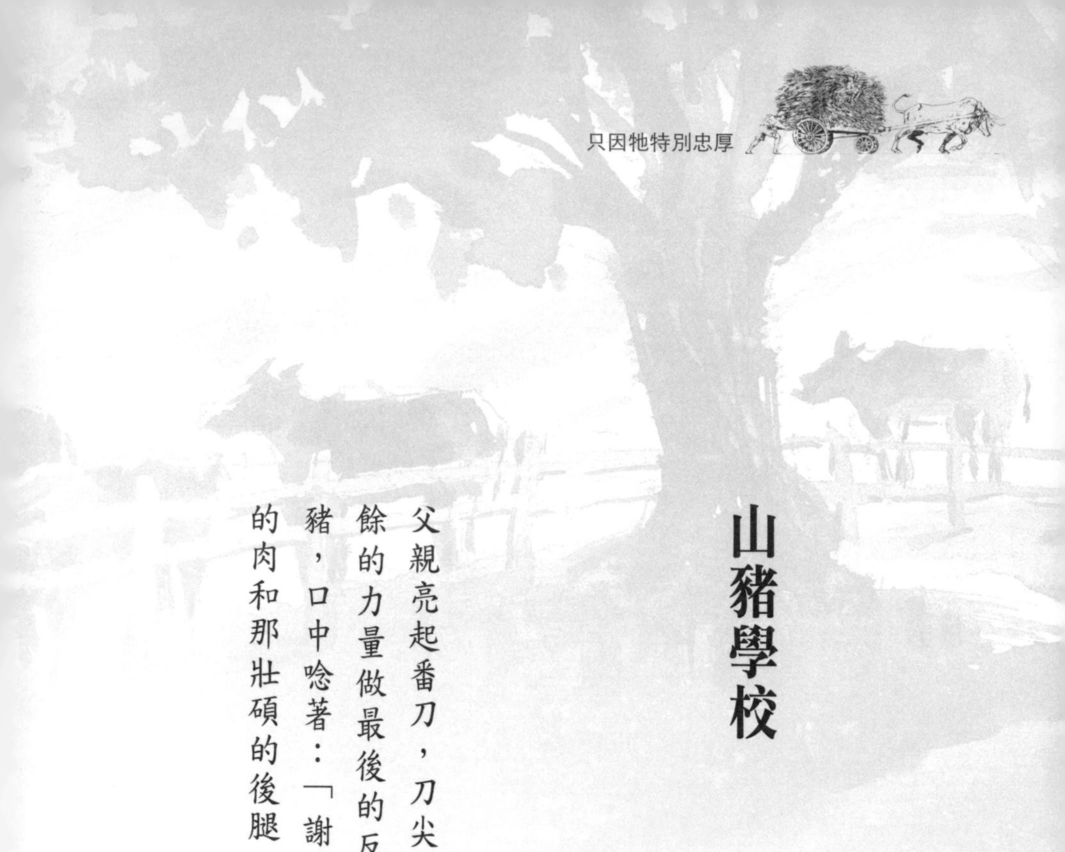

山豬學校

◎亞榮隆・撒可努

父親亮起番刀，刀尖刺入牠的心臟，大公豬用剩餘的力量做最後的反抗，父親雙手撫摸著大公豬，口中唸著：「謝謝你賜給我的家族，你身上的肉和那壯碩的後腿。……」

如果叫我說我與父親打獵的故事，說它個三天兩夜都說不完。但在記憶裡，父親的獵人哲學，卻讓我上了一課原住民如何和所有事物維持平衡及以人性的方法對待大自然。

小時候的我，可能因為好動調皮，所以成為部落裡不受歡迎的小孩。通常，只要部落裡哪家的東西壞了，或是不見了，很快的就會傳到我父親的耳朵裡，接下來的後續情形，難免就是一陣毒打，是不是我幹的都是一樣，只因為我不受歡迎。

父親為了怕部落的人說話，只要一有假日，就帶著我到他的獵場打獵。所以那時候讀小學的我，最喜歡星期一到星期五上課的日子；有時候我會趁著上學的理由逃課，有時候跑到別人的果園和玉米園，或是番薯園烤玉米和地瓜；黃昏時，遠遠的看到學校的路隊，再插進

路隊回家。每到禮拜六的時候，我就開始害怕，心裡想：「好不容易讓我等到了禮拜天，終於可以放肆玩樂」時，卻會被父親叫住：「明天星期天，你跟我去看陷阱。」

有時走了大半天的路都沒得休息，走了一天還是到不了父親的獵場，他每一次都說：「快到了！」然而卻彷彿沒有終點。

就這樣子在山上走著。也因為這樣子，對周遭事物的反應非常敏感，大自然的呼吸和脈動，我隱隱約約能夠感受到。過去和父親打獵的日子因為要走很遠的路，當時覺得自己很不幸，不能和別家的小孩子一起玩耍；但現在回想起來，也就是因為這樣，使我比同年齡的孩子，收益得更多，生活也更豐富。並且對大自然的生命史，有一段很人性化的認知，這一切完全是拜我父親所賜。

小時候我有個外號叫「理古處」，意思是「話很多」、「那麼多問題」之意。

每次跟著父親打獵的時候，對不知道、沒看過、沒來過、沒聽過、不認識的事物，心裡就有很多的「為什麼」、「那個是什麼」、「為什麼會這樣」的一些問題，父親常會很不耐煩，很生氣地跟我說：「理古處！」儘管如此，但我還是要問，問到明白、清楚之後才罷休，好奇心的驅使和打破沙鍋問到底的精神，使得小時候的我便對大自然和山裡的一切非常地熟悉，且具有對土地及其他事物敏銳的觀察力。

小時候，只要有蜜蜂飛過我的身邊，我就能判定，並且還能找到蜜蜂窩巢的位置；然而經驗的獲得，是因為身上不知道被多少種蜜蜂

螫過，才換來對蜜蜂敏銳的觀察力和敬畏感。

父親說過一段很棒的獵人哲學，他說：「獵人的孤獨和寂寞，是精神和力量最大的來源之處；兒子，你要學做一個好的獵人，就要學會『等待』的耐性。」

這一段話讓我深深地被吸引，這竟是自己的父親，一個國小沒有畢業者所說出來的話。聽過這句話後才知道，有些書上沒有的，然而在獵人學校裡，卻是必修的課程。

讓記憶回到過往，同父親打獵的情景。

「你知道嗎？兒子，」父親問我：「為什麼山豬會被獵人的陷阱夾到？」我思考父親給我的題目後，回答道：「牠很笨，沒有長眼睛。」父親的答案卻叫我不敢相信，因為父親對動物有人性化的形容：「那是因為，那隻山豬不喜歡上學，所以沒聽到山豬學校的老師告訴他，山豬要如何防範部落的陷阱，和識破偽裝的吊陷和夾鐵。」

「爸，山豬真的有山豬學校嗎？」

「當然有哇！你不曉得，山豬的攝影師現在正用長鏡頭的相機，把我們的長相拍出來做成幻燈片，做為山豬學校的教材，把我們編號，告訴山豬學校的學生，這個是最危險的獵人⑴和危險獵人⑵……有時候在遠遠的地方觀察我們，熟悉我們身體的味道，聞到我們父子的味道時，就遠遠地躲開。」

有一次我同父親在峭壁上往下看，看到一群山豬，父親這樣說：「最老的那一隻是牠們的校長，在後面走的是牠們的老師。」我問父親：「牠們在做什麼？」父親說：「在練摔跤吧？可能要參加牠們的區運會。」

父親的山豬學校故事和獵人哲學，及人性化對待大自然事物的觀念，至今讓我深受影響。有一次我與父親為了追趕受夾而逃跑的山豬，一山翻一山，竟在靠近大武山的界線找到了逃跑的山豬——山豬累了。我嚇了一跳，這麼久以來，頭一次讓我看到這麼大的公豬，難怪父親看到他放的鐵夾不見時，就告訴我：「如果我們再慢一點，可能就追不到了。」

父親拔起番刀，用大姆指在刀尖畫了一下，這時候累倒的大公豬好像知道牠的生命隨時會被父親任何的舉動所終止，牠開始亂吼、亂撞、亂衝；父親要我爬到樹上，我在樹上看著父親和大公豬格鬥的過程。最後，大公豬累了，父親亮起番刀，刀尖刺入牠的心臟，大公豬用剩餘的力量做最後的反抗，父親雙手撫摸著大公豬，口中唸著：「謝謝你賜給我的家族，你身上的肉和那壯碩的後腿。我們會為你唱歌，希望下次你能跑得更快、更遠，增長你的智慧，躲過我的陷阱，去教導你的子孫和小孩。」

父親話說完之後才將刺在心臟的配刀拔起，大公豬的血順著父親抽起的番刀滴下，只見大公豬抽搐著慢慢停止，靜靜的躺在那裡。我由樹上下來，撫摸著倒在地上的大公豬，父親告訴我：「這頭大山豬是牠們的勇士，如果不是先踩到陷阱，傷了牠一隻腳，要我面對面跟牠格鬥，我未必是牠的對手。」我問父親：「爸，你剛才在對山豬說什麼？」

「我對著山豬說我們獵人家族對大自然循環感謝的話。兒子，」

父親說著：「有一天你也會成為一名好獵人，有一天當你要結束你獲取的獵物生命時，請讓牠聽到你說的話，要感謝大自然和祖先，給你智慧和一雙很會跑的雙腳；讓你所獵獲的動物走得安心。」

父親說：「我們是獵人家族，有獵人的規範，對生命尊重，祖先才會給你更多的獵物；如果你對大自然不敬，不依循著獵人對自然的法則，動物就不會再到你的獵場奔跑、跳躍、追逐。」

很久了，我仍留著父親所獵獲的那隻大山豬的山豬牙，把它拿來作手臂上的臂環，以炫耀父親與我們獵人家族的戰功，和對生命的尊重。

至今我仍感謝大自然給我們的智慧和經驗。

——選自《山豬．飛鼠．撒可努》，耶魯國際文化事業有限公司

作者簡介

亞榮隆・撒可努（1972～　），漢名戴志強，排灣族人，生於臺東太麻里香蘭部落，國立空中大學畢業，國立臺東大學兒童文學研究所碩士班，曾創立「獵人學校」，招收部落青少年研習、傳承排灣文化，現為森林警察。曾獲巫永福文學獎、中華汽車原住民文學獎，作品選入國小、國中、高中、大學課本。著有散文集《山豬・飛鼠・撒可努》、《走風的人——我的獵人父親》、《外公的海》等。

慢讀與深思

在大自然殘酷的生存法則下，為求生命延續，如果，殺戮動物成為一種不得不然的必須，那麼身為人類，究竟該以怎樣的思維、態度面對此事，才能讓為我們而死的生命，平靜離去、獲得安息、犧牲得有價值有意義呢？

亞榮隆・撒可努〈山豬學校〉一文，可說為這問題提供了一個值得參考的答案。

由於出身原住民獵人家族的背景，撒可努自童年起，就跟隨父親深入山林，從事狩獵。這個特殊經驗，除培養他敏銳的觀察力、對山野自然的豐富知識外，更重要的是，國小沒畢業、但卻是卓越資深獵人的父親，還教導了他「獵人的規範」、啓蒙了他寶貴的「獵人哲學」——對生命尊重、對大自然和祖先心存感謝。撒可努說，此一珍貴的生命倫理教育，使他學會「和所有事物維持平衡」，並「以人性的方法對待大自然」，終生受用無窮。

文中，撒可努提到父親曾半認真半幽默地，以山豬攝影師、山豬學校、山豬老校長、山豬區運會等擬人化方式，譬喻山豬在人類世界和嚴峻的自然環境中，將求生避難經驗傳承給下一代的努力，充滿卡通趣味，令人會心一笑；但本文一大重點，則尤在以寫實手法記錄父親和大公豬的格鬥過程。

在這段令人屏息的文字中，撒可努描述，當刀尖刺入公豬心臟的痛苦時刻，父親以融和感謝與祝福的莊嚴禱詞，送大公豬最後一程，並以此教導撒可努，身為獵人，應終生銘記——要讓所獵獲的動物在生命結束前，聽到人類對牠的感謝心聲、虔誠祝禱，讓牠「走得安心」，此即所謂對生命的尊重、對自然的感恩禮敬！

而以如此尊重、感恩、禮敬之莊嚴情懷，謹慎取用賴以生存的資源，不浪費、不濫加傷害，人與自然才能維持平衡、和諧的關係吧！

文末，撒可努強調，昔日狩獵所獲山豬牙，成為其家族戰功之「炫耀」，雖大可不必；但此山豬牙，做為父親所授「獵人哲學」的一個紀念、「對生命尊重」理念的一個象徵，卻真的是意義深長、彌足珍貴！

山豬學校

【附錄】

牧豎（節錄）

◎清・蒲松齡

兩牧豎（編注1），入山至狼穴。穴有小狼二，謀分捉之，各登一樹，相去數十步。少選（編注2），大狼至，入穴失子，意甚倉皇，豎於樹上，扭小狼蹄耳，故令嗥。大狼聞聲仰視，怒奔樹下，號且爬抓（編注3），其一豎又在彼樹，致小狼鳴急，狼聞四顧，始望見之，乃舍此趨彼（編注4），跑號如前狀。前樹又鳴，又轉，口無停聲，足無停趾，數十往復，奔

編注
1.牧豎：牧童。
2.少選：不久。
3.號且爬抓：狂聲怒吼，且刨抓樹幹。
4.舍此趨彼：捨棄這個而奔向那個。舍，同捨。

漸遲，聲漸弱，既而奄奄僵臥。久之不動，豎下視之，氣已絕矣。

——選自《聊齋誌異》

語譯

有兩個牧童到山裡去，發現一個狼穴，穴裡有兩隻小狼。牧童彼此商量好，把小狼捉住後，各爬到一棵樹上去，兩樹相距約數十步。

不久，大狼回來，進入狼穴，發現小狼不見了，非常驚慌著急；這時，牧童便在樹上扭扯小狼的蹄、耳，故意使牠痛嚎。

大狼聽見嚎叫之聲，抬頭看見小狼，便憤怒跑到樹下，一邊狂號、一邊刨抓樹幹。這時，另一牧童又在另棵樹上，扭扯小狼蹄耳，弄得另隻小狼也疼痛急嚎。

大狼聽見聲音，四處張望，發現第二隻小狼後，便離開第一棵樹，奔到這第二棵樹下，像剛才那樣狂號撕抓。但第一棵樹上的牧童，又讓小狼哀嚎起來，大狼遂又轉而奔向第一棵樹──就這樣，周而復始，大狼始終不曾停止過狂號、也不曾停止過奔跑。

如此，來回數十次之後，大狼漸漸跑得慢下來了，聲音也逐漸微弱下來，最後，竟奄奄一息，直挺挺躺在地上，很久都不再動彈。

牧童從樹上爬下來看時，發現大狼竟已斷氣了。

作者簡介

蒲松齡（1640～1715），清代小說家，山東淄川人，字留仙，別號柳泉居士，書齋名為「聊齋」，故世稱「聊齋先生」。出生於商人家庭，二十歲後參與科考，屢試不第。曾任塾師，以教學維生，兼事寫作，頗不得志。著有短篇小說集《聊齋誌異》、長篇小說《醒世姻緣傳》等。其中，《聊齋誌異》流傳久遠，膾炙人口，為清代文言短篇小說最著名之作品。

慢讀與深思

〈牧豎〉選自《聊齋誌異》卷十六。

作者蒲松齡在該文結尾曾暗示，創作此文用意，是想藉牧童戲弄大狼的故事，諷刺逞禽獸之威的人，最終總落得力盡氣竭的下場。

但若撇開這狹隘、單一、道德化傾向的主題，深入文本，進行更豐富多元的解讀，那麼我們便會發現，透過這荒謬殘忍的故事，蒲松齡實於無意間，既揭露了人性的邪惡面，同時，亦呈現了在人類掌控的世界，若人存心傷害，則位處相對劣勢的動物——即使是狼——亦難逃不幸的悲慘終局。

全文敘述兩個到深山去的牧童，無緣無故，只基於無聊的殘忍，竟利用大狼母愛天性，惡意戲弄，玩起讓小狼疼痛哀嗥、大狼疲於奔命的遊戲，且自始至終，樂此不疲。最後，大狼救子不成，疲累絕望而死；失去母親的兩隻小狼，落入牧童手中，命運堪憂，更是前途多舛、生死未卜。……

蒲松齡書寫此一故事，雖只用了兩百字不到的篇幅，但全文充滿動作畫面與臨場感，寫實逼真，如在目前，若就文學論文學，其文筆之精鍊、敘事之細膩生動，自不待言。

但，若就故事論故事呢？

亞里斯多德曾說，悲劇引發人哀憐和恐懼的情緒，能淨化心靈。

如是觀之，則蒲松齡筆下，這個不尊重生命、以他者痛苦為樂的悲哀篇章，若能使我們在讀完後，為無辜的大狼小狼傷痛不平，進而引為警惕、借鑑，衍生出廣大的同情哀憫之心，那麼，便終如亞里斯多德所言，是達到心靈淨化的效果了。

簡言之，引人深思，復發人深省，〈牧豎〉，既是一帖映現人性惡質的沉痛啓示錄，更是動物文學極短篇之佳構。

冰姑，雪姨

——懷念水家的兩位美人

◎余光中

冰姑你不要再哭了
再哭，海就要滿了
北極熊就沒有家了
許多港就要淹了
許多島就要沉了
不要再哭了，冰姑

以前怪你太冷酷了
可遠望，不可以親暱
都說你是冰美人哪
患了自戀的潔癖
矜持得從不心軟
不料你一哭就化了

雪姨你不要再逃了
再逃，就怕真失蹤了
一年年音信都稀了
就見面也會認生了
變瘦了，又匆匆走了
不要再逃了，雪姨

以前該數你最美了
降落時那麼從容
比雨阿姨輕盈多了
潔白的芭蕾舞鞋啊
紛紛旋轉在虛空
像一首童歌，像夢

不要再哭了，冰姑
鎖好你純潔的冰庫
關緊你透明的冰樓
守住兩極的冰宮吧
把新鮮的世界保住
不要再哭了，冰姑

不要再躲了，雪姨
小雪之後是大雪
漫天而降吧，雪姨
曆書等你來兌現
來吧，親我仰起的臉
不要再躲了，雪姨

——選自《藕神》，九歌出版社

作者簡介

余光中（1928～2017），福建永春人，臺大外文學士，美國愛荷華大學藝術碩士，中山大學、政治大學名譽文學博士。曾任教於師範大學、政治大學、香港中文大學，並受聘為中山大學榮譽講座教授。曾獲吳三連文學獎、國家文藝獎、行政院文化獎等。多篇作品選入兩岸三地中學、大學教科書，為當代國寶級作家。著有詩集《白玉苦瓜》、《高樓對海》、《藕神》、《太陽點名》，散文集《青青邊愁》、《日不落家》、《青銅一夢》、《粉絲與知音》，評論集《從梵谷到徐霞客》、《藍墨水的下游》、《舉杯向天笑》，翻譯《老人與海》、《梵谷傳》、《王爾德戲劇全集》等。

慢讀與深思

余光中〈冰姑，雪姨〉是一首環保詩、生態關懷詩，更因對北極熊「沒有家」的處境流露高度同情，因此也可說是一首富動物保護意識的作品。

全詩在寫法上，值得一提的是——

首先，余光中將冰、雪擬人化，以姑、姨、美人稱之。

其次，出以童言童語、童心童趣，但卻在這幽默的包裝下，透過各種隱喻，指出令人日益憂心的生態浩劫、溫室效應、地球暖化、氣候異常等課題，副標「懷念」二字，引發冰姑雪姨芳蹤漸杳、昔日好景不再的聯想，尤暗示了問題的嚴重性。而全詩在港灣淹沒、島嶼陸沉的警示外，特別點出北極熊生存困境，為這種瀕臨絕種的動物請命，更看出詩人強烈的憂患、關懷意識。

基本上，這是一首淺近易懂，但語重心長、寄旨遙深的詩，不論就文學或生態關懷角度言，都值得深思細品。

但願不久的將來，地球，真能如詩人在詩中所深情祈祝的那樣——

冰姑不再哭泣、雪姨不再失蹤、快樂的北極熊有家可棲、曆書二十四節氣也一一精準兌現！

屠虎

◎向明

磨刀霍霍
一刀，殺聲隨噓聲而下
血泊中踉蹌倒地的
非牛
非羊
非豬
非雞鴨
非十惡不赦的重刑犯

非不共戴天的仇讎
非喪權辱國的叛逆
乃是
困居囚籠
施展無力
疲憊如一隻病貓的
虎

眾說保護
我獨屠虎
虎肉一斤八百
虎血一瓶兩千
虎骨五百一截

虎膽五千一枚
虎鞭三萬有六
虎皮十萬不減
何況
一隻虎羣已散
　虎威已失
　虎牙已鈍
　虎子無望的
籠中之虎
何異指下的一隻蟲蟻
此時不殺
總不成　還
縱虎

殺！
你們咬你們的牙
我殺我的虎
今天賣完
明天再來一隻

——選自《水的回想》，九歌出版社

作者簡介

向明（1928～ ），本名董平，湖南長沙人，中華民國空軍通信電子學校畢業，美國空軍電子研究中心結業，曾任電子工程師、《藍星詩刊》主編、《中華日報》副刊編輯、臺灣詩學季刊社社長。曾獲國家文藝獎、中山文藝獎等。著有詩集《青春的臉》、《水的回想》、《隨身的糾纏》、《陽光顆粒》、《向明世紀詩選》、《生態靜觀》、《閑愁》、《低調之歌》、《早起的頭髮》、《外面的風很冷》、《詩‧INFINITE》、《四行倉庫》，散文集《甜鹹酸梅》、《三情隨筆》、《詩之外》，詩話集《新詩五十問》、《走在詩國邊緣》、《詩來詩往》、《我為詩狂》、《詩中天地寬》、《無邊光景在詩中》、《尋詩v.s.尋思》，童詩集《螢火蟲》等。

慢讀與深思

向明〈屠虎〉一詩，寫於一九八四年，距今已逾三十年，當時民間宰殺野生動物進補風氣盛行，〈屠虎〉一詩便是根據彼時媒體報導民眾當街殺虎一事，所寫的諷刺詩，與社會寫實詩。

全詩一氣呵成，充滿臨場感，首句「磨刀霍霍」先營造出肅殺氣氛，接著，毫無喘息空間地，以「一刀而下」斬釘截鐵的敘述，迅即拉開屠虎場景，並指出刀下亡魂，非日常慣見之牛羊豬雞鴨，而是來自山林、珍稀罕有、不幸落入人手而處於絕對劣勢的虎。

接著，更以生動寫實之筆，呈現屠虎後，屠者公然論斤叫賣的情景。血腥野蠻場面，既訴諸聽覺，也訴諸視覺與想像，

繪影繪聲，點出傳統社會藉動物進補、以形補形的落伍觀念。詩末則以屠虎者無所忌憚、氣焰高張之狀作結，令人扼腕慨嘆。

全詩出以嘲諷筆調，具體呈現臺灣在動保法尚未實施、動保觀念尚未形成前的一枚社會切片。雖是三十年前舊作，於今讀來，仍不免令人慨嘆震撼；然終篇之際，卻也不免因時代進步、動保意識抬頭，當街屠虎之舉，已永遠走入歷史，而深感欣幸。

附錄 — 屠虎

國家圖書館出版品預行編目資料

只因牠特別忠厚：動物保護・生態關懷文選／陳幸蕙主編．--初版．-- 臺北市：幼獅，2018.02
面； 公分. --（散文館；30）

ISBN 978-986-449-103-2（平裝）

855 106024084

・散文館030・

只因牠特別忠厚——動物保護・生態關懷文選

主　　編＝陳幸蕙
封面設計＝李如青
出 版 者＝幼獅文化事業股份有限公司
發 行 人＝李鍾桂
總 經 理＝王華金
總 編 輯＝林碧琪
美術編輯＝李祥銘
總 公 司＝10045臺北市重慶南路1段66-1號3樓
電　　話＝(02)2311-2832
傳　　真＝(02)2311-5368
郵政劃撥＝00033368

印　刷＝祥新印刷股份有限公司
定　價＝250元
港　幣＝83元
初　版＝2018.02
三　刷＝2021.04
書　號＝986280

幼獅樂讀網
http://www.youth.com.tw
幼獅購物網
http://shopping.youth.com.tw
e-mail:customer@youth.com.tw

行政院新聞局核准登記證局版臺業字第0143號

本書入選之文章大多已取得原作者或作者的繼承人、代理人同意授權編入，部分作者（陸蠡、喻麗清）因無法聯繫上，尚祈見諒，若有知道聯絡方式，煩請通知幼獅公司編輯部，以便處理，謝謝！